車

ヴェネツィアに死す

マン

岸 美光訳

kobunsha classics

光文社

Title : DER TOD IN VENEDIG
1912
Author : Thomas Mann

目次

ヴェネツィアに死す　5

解説　岸 美光　150

年譜　158

訳者あとがき　165

ヴェネツィアに死す

第一章

　グスタフ・アッシェンバッハ、あるいは五十歳の誕生日以降公式に呼ばれた名前によればフォン・アッシェンバッハは、一九××年、この年は数ヶ月に渡ってわたしたちの大陸に危険で威嚇的な顔を見せていたのだが、その年のある春の午後、ミュンヘンのプリンツレゲンテン通りの住まいから、一人でいつもより長い散歩に出かけた。この作家は午前中、いままさに意志の力をこの上なく慎重かつ周到に、強力かつ精確に働かせねばならない仕事をしていたのだが、その難しく際どい仕事に神経を高ぶらせ、キケロが雄弁の本質と呼んだあの「絶え間ない精神の運動」、つまり彼の内部で働き続ける産出力を、昼食の後になってもなお止めることができなかった。また緊張をほぐしてくれる眠りも得られなかった。これは、精神的肉体的な力の消耗が激しくなってきたいま、昼間に一度は取らなければならないものになっていたのだが。そこで彼は、お茶を飲むとすぐ、空気と運動が体を回復させ、晩の時間を有益なものにしてくれるだろうとの期待から、戸外に出ることにしたのである。

五月の初めだった。寒く湿っぽい数週間の後、急に真夏のような日が訪れた。英国式庭園はうっすらと芽吹いたばかりであったが、八月のように蒸し暑く、町の近郊は馬車と散歩の人たちで賑わっていた。雑踏の少ない方へ、さらに少ない方へと道をたどってアウマイスターの店へたどり着き、アッシェンバッハは客で賑わう店の庭をしばらく眺めていた。庭に接して数台の辻馬車と豪華な馬車が止まっていた。すでに日没の時刻になり、公園を避けてその店から見通しの良い野原を横切る帰路を取ったが、疲れを感じ、フェーリングの上空に雷雨が迫っていたので、北墓地の所で、まっすぐ市内に運んでくれる市電に乗りたいと思った。

ぐうぜん停留所を見つけた。周囲には人気《ひとけ》がなかった。舗装されたウンゲラー通りには市電の軌道がそこだけきらきら光ってシュヴァービングの方に延びていたが、その通りにも、フェーリング街道にも動く車の影はなかった。石屋の垣根の向こうでは、売り物の十字架や追悼の石板や記念碑が、被葬者のいない第二の墓地となっていたが、そこにも動くものの影はなく、向かい側にはビザンチン様式の礼拝堂の建物が日没の残光の中にひっそりと立っていた。その正面はギリシア十字架と明るい色で描かれた神聖な図柄で飾られており、その上に左右対称に配置された金文字の碑文が掲げられていた。来世の命に関する選《え》り抜きの言葉は、たとえばこうだった。「彼らは神の住まいに入る」、あるいは「永遠の光が彼らを照らす」。彼は市電を待ちながら数分間、その慣用句を読み取り、そこに透けて見える神秘に心の目をさまよわせて、生真面目な気晴らしを見いだした。そして夢想からふと我に返ると、柱廊玄関の、戸外の階段を見張る黙示録風の二頭の動物の上に、一人の男の姿を認めた。その異様な風采が彼の心をまったく別な方向に逸《そ》らせた。

その男が礼拝堂の中からブロンズの扉を通って出てきたのか、外からいつの間にか近づきそこに登ったのか、わからなかった。アッシェンバッハはその疑問を深く追うこともなく、おそらく中から出てきたのだろうと思った。中背で、痩せて、ひげはなく、目立って団子鼻であった。赤毛のタイプの男で、乳白色の皮膚にそばかすが浮き出ていた。明らかにバイエルンの人間ではなかった。少なくとも男が被っていた幅広いまっすぐのつばを持った靭皮《じんぴ》製の帽子は、男の外見に遠い所から来た外国人という特徴を与えていた。もちろんこの地方ではごく普通のリュックサックを、ベルトと留め金で肩に背負ってはいた。見たところローデン生地の、黄ばんだベルト付の服を着て、左腕に灰色の雨合羽《あまがっぱ》をかけ、その腕を脇腹にあてていた。右手には先端に鉄を被せたステッキを持ち、斜めに地面に突き立てて、両脚を交差させ、握りの所に腰をもたせかけていた。頭をもたげていたせいで、ゆるいスポーツシャツからひょろ長く突き立った首に喉仏がこれ見よがしに飛び出していた。睫毛《まつげ》の赤い、色彩に乏しい目で鋭く窺うように遠くを睨んでいたが、その両目の間には、二本の精力的なしわが縦に深く刻まれていて、それが奇妙なことに短く上を向いた鼻によく似合っている。そして——おそらくその男のいる位置が高くて偉そうに見せるので、この印象が強められたのだろうが——その態度には、どこか尊大に周囲を睥睨《へいげい》する、傲慢で野蛮とさえ言える雰囲気が漂っていた。というのも、沈む夕日が眩しくて顔をしかめていたからなのか、もともとそういう人相の歪みがあったのか、唇が短すぎて完全に歯から後退し、歯茎まで露出して、そこに白く長い歯が剝き出しになっていたからである。

　アッシェンバッハが半ばぼんやりと半ば探るようにこの余所者《よそもの》を検分して遠慮を忘れたせいだったのか、とつぜん彼は、男が自分の視線を捉えたのに気づいた。しかも挑戦的に、しっかりと目を見据え、黒白をつけてやろう、相手の視線を撃退してやろうという意思を鮮明にしたので、彼は思わずどきりとして向きを変え、この男に注意を向けるのは止めようととりあえず心を決め、垣根に沿って歩き出した。そのあと間もなく男のことは忘れた。しかしその余所者の姿のどこか漂泊者めいたところが想像力を刺激したのか、あるいは他の何か肉体的精神的な影響が働いたのか、彼は心が奇妙に拡大するのを意識して愕然とした。ある種のあてどなくさまよう不安、若々しく飢えた異郷への渇望、それは実に活発で、実に新鮮なのに、とっくの昔に捨て去って忘れ果てた感情であった。そこで彼は両手を背中に回し、視線を地面に伏せて、呪縛されたように立ち止まり、その感情の正体と目指すところを探ったのである。

　それは旅への欲求だった。それ以上ではなかったが、実に発作的に現れ、情熱となり、幻覚にまで高まった。彼の欲望は視力を備えた。仕事の時間が終わってもまだ落ち着いていなかった想像力は、多彩な地上の奇蹟と恐怖のすべてを一度に想い描こうとして一つのヴィジョンを生み出した。眼前が開け、一つの風景が見えた。厚いもやに覆われた熱帯の湿地帯だった。水に濡れ、植物が繁茂し、島と沼沢《しょうたく》と、泥土を運ぶ水脈とから成るとてつもなく異様な一種の原始の密林が目の前に現れた、――おびただしくシダが茂り、湧き出たように蠱惑《こわく》的に花咲くぶ厚い植物の地表から、毛に覆われたシュロの幹が遠く近くそびえ立っているのが見えた。奇妙な形の木々が気根《きこん》を地面に垂らし、緑の影を映す淀んだ流れにその根を落としていた。そこには鉢のように大きな乳白色の花が漂い、花の間に、不格好なくちばしの、見たこともない鳥が肩をすくめて浅瀬に立ち、じっと不動の姿勢で脇を眺めていた。竹藪の節くれ立った幹の間から、身をひそめた虎の目が煌めくのが見えた――彼は驚愕と謎めいた渇望に心臓が高鳴るのを感じた。そして幻影は消えた。アッシェンバッハは頭を振り、石屋の垣根に沿って再び歩き始めた。

彼は、少なくとも世界を回《めぐ》る交通の利便を好きに使える資金を得てからは、旅行というものを、気が進まなくても時々はしなければならない衛生上の対策くらいに見なしていた。自身の自我とヨーロッパの魂によって課された課題に取り組み、創造への義務を担い、賑やかな外の世界の愛好家が喜ぶような気晴らしなどは嫌っていたので、自分の生活圏から遠く離れることなく、誰でも地球の表面から得られる程度の観察でじゅうぶん満足していた。ヨーロッパを離れようなどとは思ってみたこともなかった。ことに人生がゆっくりと傾き始め、完成できないという芸術家としての恐れ――自分の仕事を果たし、完全に自分を出し尽くす前に時計が止まってしまうのではないかという心配が、単なる気まぐれとして、もはや払いのけることができなくなってからというもの、彼の暮らしはほとんど、故郷となった美しい町と、山の中に作って雨の多い夏を過ごす殺風景な別荘だけに限られることになった。

実際、これほど晩年になって突然彼を襲ったものも、たちまち理性と若い時からの自制心によって抑えられ、正されてしまった。彼は、自分が生きていることのすべてである作品を、田舎に移る前に一定の所まで押し進めておきたいと思っていた。世界をぶらつくことになれば、数ヶ月は仕事から離れることになるだろうから、そういう考えは余りにもだらしなく、行き当たりばったりに思われた。それは真面目な検討に値しなかった。しかしそれにもかかわらず、この誘惑がどういう所からこうも唐突に出てきたのか、よくわかっていた。それは逃げ出したいという衝動だった。彼は自分の心にそう認めたのだが、この新奇な異郷への憧れ、解放と負担の軽減と忘却へのこの欲望は、——作品から逃れたい、硬直して冷たく苦しみの多い日々の仕事の場から逃れたいという衝動だった。なるほど仕事は好きだった。そしてまた自分のしぶとく誇り高い、繰り返し実証されてきた意思の力と、次第に募ってくるこの疲労感との間の、神経を磨り減らす日々新たな戦いも嫌いではなかった。この疲労感は人に知られてはならなかったし、作品に淀みや弛みが現れて人に悟られてもならなかった。しかし弓を張りすぎてはならないこと、これほどの生命力で飛び出してきた欲望は自分がそう望んだからといって押し殺すこともできないこと、それは自明の理であるように思われた。彼は仕事を思い、きょうもきのうも手をつけかねた箇所を思った。そこは辛抱強く考えてみても、奇襲攻撃をかけてみても、どうにもうまく流れてくれないのであった。彼はあらためてその箇所を検討し、障害を打ち破るか解決することを試み、嫌悪におののいて攻撃を止めた。並外れた困難があるわけではなかった。彼を萎えさせたものは、どうにも気が進まないという躊躇だった。それは鎮める術《すべ》のない不満足という形で現れた。もちろん不満足というものを、すでに青年期から、才能の本質であり、才能にとってもっとも深く自然なものと見なしてはきた。だからこそ彼は感情を制御し、冷却してきたのである。なぜなら感情というのは、未完成品でも適当な所で楽しく手を打ってしまうことを、知っていたからである。では今になってこの抑えられてきた感情が復讐を謀《はか》り、彼の芸術を先に運び翼を与えることを拒み、形式と表現の喜び、その恍惚のすべてを奪い去ったのか。彼が劣悪な作品を生み出したというわけではない。彼がどんな時でも落ち着いて自分の熟練に確信を持っていたということ、これは少なくとも積み上げてきた年月のなせる業《わざ》だった。しかし国民がその熟練を敬う一方で、彼自身はそれを喜ばなかった。彼には自分の作品に、熱く戯れる気分というあの特徴が欠けているように思われた。それは喜びの産物であり、作品の内実の意味を超えるずっしりと重い利点であり、読者層の喜びだった。彼は田舎で過ごす夏を恐れた。小さな家で、食事を用意する女中と、それを食卓に運ぶ召使いと三人だけの夏。山頂と絶壁のよく見なれた風景を恐れた。今年もまたあれが満たされない遅筆を取り囲むのだろう。何かを間に入れる必要があった。準備なしのその場凌《しの》ぎ、無為徒食の日々、異郷の空気、新しい血の導入、夏が耐えやすい実り多いものになるように。そうだ、旅に出よう、——心が満たされるのを感じた。遠くに行く必要はない、何も虎のいるところまで。一晩寝台車に乗って、三、四週間の午睡、愛すべき南方の、誰もが喜ぶような避暑地で……

彼はそんなふうに考えた。そうするうちに市電の騒音がウンゲラー通りをこちらに近づいてきて、乗車しながら、今夜は地図と時刻表を見て過ごそうと決心した。デッキに立ってふと、あの帽子の男はいないかと辺りを見回した。何はともあれ収穫の多かった郊外滞在の道連れである。しかし行方は知れなかった。先ほど立っていた場所にも、その先の停留所にも、電車の中にもその姿はなかった。

第二章

プロイセンのフリードリヒ大王の生涯を描いた明晰で力強い散文叙事詩の作家、長年の努力を傾注し、多種多彩な人間の運命を一つの理念の影にまとめ上げた、登場人物に富む長編小説『マーヤー』を織り上げた忍耐強い芸術家、『惨めな男』というタイトルで、感謝を知る青年層に、もっとも深い認識をも超えて倫理的な決断を下す可能性を示した、あの強烈な物語の作者、そして最後に（これで彼の円熟期の仕事が手短に紹介されるわけだが）『精神と芸術』についての情熱的な論文の著者、その論文の秩序づける力と対立命題を操る雄弁は、真面目な批評家たちに、これこそ素朴文学と情感文学に関するシラーの考察に直接並び立つものだと言わせたのだが、すなわち、これらを著したグスタフ・アッシェンバッハは、シュレージエン地方の郡庁所在地Lという町に、上級司法官の息子として生まれた。先祖は将校、裁判官、行政官で、国王や国家に仕え、几帳面で品位のある慎ましい生活を送った男たちであった。ひたむきな精神性はかつて彼らの中に一人の牧師の姿をとって具現したことがあった。それより性急な感覚的な方の血は、一世代前に、ボヘミアの楽長の娘である、詩人の母親によって一家にもたらされた。彼の外見の他民族風の特徴は、母親に由来するものである。堅苦しく冷静な几帳面さが、それよりもずっと暗く情熱的な衝動と結びあって、一人の芸術家を、この特別な芸術家を生み出したのである。

彼の存在の全ては名声を頼みとしていたので、ほんらい早熟というのではなかったが、その語り口が決然として個性的な的確さを持っていたため、公衆の目に早くから円熟した如才ない姿を見せていた。ほとんどまだギムナジウムの生徒だった時に、その名前は知られていた。十年後には自分の書き物机から何かを表現し、自分の名声を管理し、手紙の一文でも善意と存在意義を示す術を修得していた。手紙は短くなければならなかった。なぜならたくさんの要求が、成功し信頼するに足るこの人物の上に押し寄せたからである。四十歳代になると、本来の仕事の労苦と浮き沈みに疲弊しながら、世界中あらゆる国々の切手を貼った郵便物を毎日処理しなければならなかった。

彼の才能は、陳腐さからも奇矯さからも等しく離れていて、幅広い読者の信頼と、選り好みの激しい読者の、誉めもするが要求がましくもある関心を同時に獲得することができた。こうして、すでに青年期に多方面から成果を期待されていたので――それも並外れた成果を――、彼は決して怠惰を覚えなかったし、青春の気楽な軽はずみを知らなかった。三十五歳の時ヴィーンで病気に罹《かか》ったが、その時ある慧眼《けいがん》の士がパーティーの席で次のような見解を表明した。「よろしいですか、アッシェンバッハは以前からただひたすらこんな風に生きてきたのです」――こう言うと左手の指を固く握りしめて拳を作った――。「決してこんな風ではなかったのです」――そして拳を開き、椅子の肘掛けからだらんと垂らした。その通りだった。そして、生まれつき決して頑丈な体質ではなく、緊張の持続はただ使命として引き受けているだけで、本来それに生まれついているわけではないという点に、彼の雄々しく道義的なところがあったのである。

医者の配慮によって少年期は学校から遠ざけられ、家庭での教育を余儀なくされた。ただ一人、交友関係なしに成長したが、自分は才能はあっても、それを実現するのに必要な肉体的な基礎が乏しい種類の人間だということを、早くから認識せざるをえなかった、――若いうちに自分のベストを出してしまって、能力がめったに歳月を重ねないタイプの人間である。しかし彼の好きな言葉は「堅忍《けんにん》不抜《ふばつ》」であった、――自作のフリードリヒ小説の中に見ていたものは、この指針の神格化に他ならない。それは、彼には苦しみを負って活動する美徳の極致と思われた。また彼は高齢になることを切実に望んでいた。なぜなら、ずっと以前から、人生のあらゆる段階でその時に相応《ふさわ》しく多産であるということができて初めて、その芸術家としての資質は真に偉大で、包括的で、真に尊敬に値すると考えていたからである。

そんなわけで、才能が彼に課した課題を華奢《きゃしゃ》な肩に担い、遠くに歩もうとしていたので、彼には何よりも自制が必要になった、——そして自制は、幸いなことに父方から譲り受けた生得の財産であった。四十歳、五十歳はふつう他の人なら浪費し、浮かれ騒ぎ、大きなプランの実行を平気で先延ばしする年齢なのだが、彼はその年で決まった時間に胸と背中に冷水を浴びて一日を始め、銀の燭台に二本の高い蠟燭《ろうそく》を立てて原稿の先に置き、睡眠で養った力を、厳密細心に集中した朝の二、三時間、芸術に捧げたのである。何も知らない読者がマーヤーの世界や、フリードリヒの英雄的生涯が繰り広げられる長大な叙事詩を、圧縮された力と息の長さの産物だと思っても、無理のないことであるし、それはまさに彼の徳性の勝利に他ならない。他方、それらはむしろ小さな日々の仕事を重ねるうちに、何百もの個別のインスピレーションが積み重なって偉大なものに成長したのであり、ただそれゆえにこそ全体としても個々のどんな点を取っても優れたものになったのである。なぜならその作品を生み出した作家は、フリードリヒが彼の故郷の田舎を征服した時のような持続する意思と粘り強さをもって、何年も一つ作品の緊張に耐え、それを生み出すためだけにもっぱら一番強力で一番重要な時間を振り向けてきたからである。

ある重要な精神の産物がただちに広範な深い影響を与えるには、それを生み出した人個人の運命と、同時代を生きる人たちの一般的な運命との間に、ある秘密の親近性、というか一致があるに違いない。人々はなぜ自分たちがある芸術作品に名誉を贈るのか、その理由を知らない。専門的知識というようなものではないが、彼らはそこにたくさんの優れた点を見つけたつもりになって、それほどの関心を説明した気になる。しかし彼らが喝采する本当の理由は、量ることのできないものである。つまり共感である。アッシェンバッハはかつておよそ目立たない箇所で、現存するほとんど全ての偉大なものは「にもかかわらず」として存在する、悩みや苦痛、貧困、孤独、虚弱、悪徳、情熱、そして何千もの障害にもかかわらず成立したのだと、ダイレクトに語ったことがあった。しかしそれはコメントという以上のものだった。それは経験だった。

まさに彼の人生と名声の定式であり、作品を解く鍵であった。そしてそれがまた彼の描く極めて独特な登場人物の倫理的な性格でもあり、表に現れた態度でもあったとして、何の不思議があるだろうか。

この作家が好み、さまざまな作中人物として繰り返した新しいタイプの英雄について、すでに早い時期に頭のいい分析家がこう指摘したことがあった。それは、恥を知って誇り高く歯をくいしばり、剣と槍に体を貫かれても静かに立っている、理知的で若々しい男性という着想であると。これは、一見受動的な特徴が過ぎたが、それでも美しく、機知に富み、正確だった。なぜなら運命の中での矜持《きょうじ》、苦痛の中での優美は、ただ単に忍耐を意味するだけではなかったのだから。それは能動的な成果であり、積極的な勝利である。そして聖セバスティアンの姿が、芸術一般の、とは言わないまでも、間違いなくいま問題としている芸術のもっとも美しい象徴である。彼の物語の世界を覗けば、そこにおのずから見えてくるものがあった。エレガントな克己の姿、それは最後の瞬間まで内部の空洞を、生物としての衰弱を世間の目に隠している。感覚の喜びに見離された黄ばんだ醜悪さ、これはくすぶる情炎を燃え立たせて純粋な炎に変え、美の王国で自ら支配者に躍り出ることができる。青ざめた無力、それは精神の灼熱の淵から、傲慢な全民衆を十字架の足下に、自分の足下にひれ伏させる力を取り出してくる。そして、虚しくも厳格に形式に奉仕する愛すべき矜持。さらに、生来の詐欺師の、偽りの危うい人生、そしてたちまち自分を疲弊させる憧れと手練手管。こういう運命と、どれだけあるか知れないその類似物を目にすると、そもそも弱さのヒロイズムの他にどんなヒロイズムがあるのかと、疑いたくなる。しかしいずれにせよ、どのような英雄的精神がこれ以上に時代に適合していただろうか。グスタフ・アッシェンバッハは疲労困憊《こんぱい》の極みで働くすべての人たちの詩人であった。過重な負担を負い、すでに疲労困憊し、なお毅然として背筋を伸ばす、このような業績のモラリストすべての詩人であった。彼らは体格に恵まれず、資産もままならず、それでも高みに昇る意思の力と賢明な自己管理とによって、少なくともしばらくの間はわが身を削って偉大さの効果を勝ち取るのである。彼らの数は多い。彼らは時代のヒーローである。そして彼らはみな彼の作品の中に再び自分の姿を認めた。自分が肯《うべな》われ、高められ、讃えられるのを認めた。彼に対する感謝を知り、その名前を喧伝した。

彼は時代と共に若く荒削りだった。時代からろくな忠告を受けず、公然とつまずき、失敗を犯し、恥にまみれ、言葉においても行いにおいても無礼で無思慮な振る舞いを重ねた。それでも彼は威厳を獲得した。彼の主張によれば、どんな偉大な才能にも生まれつきそれを求める自然な衝動と棘が備わっている。じっさい彼の発展の全行程は、この威厳へ向けての、意識的で頑固な、疑念とアイロニーの妨害をものともしない上昇であったと言うことができる。

生き生きとして精神に負担をかけない描写の具体性は市民大衆の楽しみとなる。しかし無軌道な情熱を持つ若者は問題を孕《はら》むものによってしか魅了されない。そしてアッシエンバッハは問題を孕んでいた、若者だけがそうであるように無軌道だった。精神の虜《とりこ》になり、認識を酷使し、実りの種子を碾《ひ》きつぶし、秘密を暴露し、才能というものを疑い、芸術を裏切った、――じっさい言葉で刻み上げた作品が、信じて読み味わう人たちを楽しませ、高揚させ、元気づけている一方で、青春の気の抜けない芸術家である彼は、芸術や芸術家気質そのものの疑わしい本質について次々とシニカルな言葉を繰り出し、二十歳の若者たちに息つく暇を与えなかったのである。

しかし高貴で有能な精神は、なによりも認識の鋭く苦い刺激を速やかに徹底的に受けつけなくなるようである。そして確かに、若者の、鬱々として良心の固まりとなった徹底性は、大家となった男の、認識を否定しようという決意、すなわち認識が意思や行為や感情や情熱さえもわずかでも萎えさせ、しぼませ、貶《おとし》めるのにもってこいであるなら、そういう認識はご免蒙ろう、昂然と頭をもたげてその向こうに踏み出そうという決意と比べて、浅薄皮相の感を免れないのである。『惨めな男』についての有名な物語は、あの柔弱で愚劣な半悪党の姿に具現された、時代のいかがわしい心理主義に対する吐き気の発作という以外に、どのような解釈が可能だろうか。この男は、無気力と、自堕落と、道徳的意志薄弱から、ひげも生えない若造の腕に女房を追いやり、卑劣に走ることも深遠さゆえなら許されると思いこんで、一つの運命をかすめ取るのである。ここで非難に値するものを非難する言葉のずっしりとした手応えは、一切の道徳的懐疑精神に、深淵へのあらゆる共感に背を向けると宣言していた。すべてを理解することはすべてを許すことだという同情の命題のだらしなさを拒絶すると宣言していた。ここで準備されていたもの、いやすでに実現されていたものは、あの

「再び生まれ出た率直さの奇蹟」であった。これより少し後、著者はある対話の中で、秘密めかしたアクセントがないわけではなかったが、明らかにこの点に言及していた。不思議な符合ではないか！　このころ彼の美意識がほとんど異常なまでに強化されるのが認められたのは、この「再び生まれ出たもの」の、この新しい威厳と厳格さの精神的結果だったのだろうか。形式を付与する時のあの高貴な純粋さ、簡潔さ、そして均斉。これはその後、彼の作品に大家風の古典的完成美という非常に目立つ、わざとらしくさえある特徴を与えたのである。しかし知るということを超えて、認識による解体と妨害を超えて道徳的に決然としているということは、——それは再びある種の簡略化、世界と魂の倫理的な単純化ではないのだろうか。すなわち邪悪で禁じられた、倫理的に不可能なものに向けての強化ではないのだろうか。つまり形式というものは二つの顔を持っているのではないか。それは倫理的であると同時に、非倫理的でもあるのではないか、——鍛錬の結果と表現としては倫理的である。しかし形式がおのずから道徳的無関心を内包し、それどころか本質的に、道徳を形式の高慢で無制限な支配下に置こうとする限り、それは非倫理的であり、反倫理的でさえある。

それはそれ！　発展は運命である。そしてその発展が広い読者層の関心と厚い信頼に支えられていたら、どうしてそれが、名声という栄光も拘束も無しに進む発展と同じはずがあるだろうか。大きな才能が放蕩無頼の蛹《さなぎ》の段階を脱し、精神の威厳を意味深く知ることを覚え、孤立無援で苦しみ戦いながら人々の間で力と名誉を得るに至る、そういう孤独という貴族主義の流儀を身につけるとして、それを退屈と見なし、嘲りたい気分になるのは永遠のジプシー根性だけである。それに才能の自己形成の内には、どれほど多くの遊びと反抗と享楽があることだろう！　時とともにグスタフ・アッシェンバッハが披露する作品の中には、公的で教育者的な要素が入り込んできた。もっと後になると、彼のスタイルは直接的な大胆さや繊細で新しい陰影を放棄し、模範的で揺るぎないもの、磨き上げられた伝統的なもの、保守的で堅苦しいもの、それどころか型にはまったものにまで変わっていった。そしてルイ十四世についての伝承が主張していることだが、老齢に向かうこの作家も自分の語り口から卑しい言葉をすべて追放したのである。当時文部省が彼の著書から数ページを選んで、官定の学校用読本に採用したことがあった。これは彼の心に適《かな》うことだった。そしてあるドイツの君主が王位に就くとすぐに、『フリードリヒ』の詩人の五十歳の誕生日に一代限りの貴族の称号を贈ったが、彼はこれを拒否しなかった。

腰の定まらない数年間、試しにあちこちに滞在した後で、彼はまだ若いうちにミュンヘンを持続的な住処《すみか》と定め、特別な精神的業績をあげた個人に与えられる市民的な名誉の立場を得てその町に暮らした。まだ青年と言っていい年齢で学者一家の娘と結婚したが、その生活は束の間の幸福の後、妻の死によって終わった。娘が一人残されたが、これはすでに人妻である。息子は持ったことがなかった。

グスタフ・フォン・アッシェンバッハは中背というより少し背が低く、髪はブルネットで、ひげは蓄えていなかった。頭は、ほとんど華奢と言ってもいい体つきと比べ、やや大きめだった。オールバックにした髪の毛は、頭頂部が薄く、側頭部は豊かなもののすっかり灰色になり、たくさんのしわが刻まれたいわばあばた面の高いひたいを縁取っていた。縁なしのレンズを付けた金縁眼鏡のつるは、ずんぐりとして高貴なカーブを持った鼻の付け根に食い込んでいた。口は大きかった、だらしなく緩んでいる時もあれば、突然緊張して薄くなる時もあった。頬は痩せてしわが走り、形の良い顎はかすかに割れていた。意義深い数々の運命が、苦しげに傾《かし》げられていることの多いこの頭の上を通り過ぎて行ったのだろう。とは言え、普通なら辛い激動の人生が顔の相を完成させるものだが、この顔においては芸術がその役割を引き受けた。このひたいの後ろで、ヴォルテールと国王の、戦争についての火花を散らす対話の応酬が生まれた。この目が、レンズ越しに疲れた視線を深く注いで、七年戦争の野戦病院の血にまみれた地獄を見たのであった。詩人その人にとっても芸術は高められた人生である。それは幸せを一段と深め、消耗を一段と激しくする。芸術は詩人の顔に、想像上の精神的な冒険の痕跡を刻みつける。それは、詩人の暮らしが僧院の静けさであってさえも、長い間には、放埒な情熱と享楽の人生でさえ生み出せないような、神経の選り好みと過敏、神経の疲弊と新奇さへの欲望を生み出すのである。

第三章

俗世間と文学上の用件がいくつかあって、旅に出たいと思ってもあの散歩からなお二週間、彼はミュンヘンに引き留められた。それからやっと、田舎の家を四週間以内に住めるよう調《ととの》えておけと指示を出し、五月半ばを過ぎ月末が来る前のある日、夜行列車でトリエステに旅立った。そこには二十四時間滞在しただけで、翌朝プーラ行きの船に乗り込んだ。

彼が求めていたのは、今の暮らしと何の繋がりもない風変わりなものだった。しかしできればすぐにそこに着ければいい。そこで彼は数年前から有名になったアドリア海のある島に滞在することにした。そこはイストラの海辺から遠くなく、賑やかな色彩のぼろ服をまとい、聞き慣れない野蛮な発音でしゃべる地元の人々が住み、海の見渡せる所には美しく裂けた岩礁が見えた。しかし雨が降り、空気は重く、ホテルの宿泊客は下層のオーストリア人ばかりで、おまけに柔らかな砂浜でなければ味わえない、海とのあの穏やかで親密な関係が欠けていた。彼はうんざりし、ここが来たかった所だという気分になれなかった。心の中に動くものがあって、それがどこへかは自分でもまだわからなかったが、気持が落ち着かなかった。船の連絡を調べ、何かを求めるように周囲を見回し、突然、不意打ちでもあり当然でもあったのだが、目の前に目的地が現れた。目が覚めたら比べるものもない童話のような異郷にいたいと思うなら、どこへ行くだろうか。わかりきったことである。なぜここにいる必要がある？　間違ってしまった。本当はあそこへ行こうと思ったのだ。彼はただちに誤った滞在を中止すると申し出た。島について一週間半、スピードの出るモーターボートが朝もやの立ちこめる中、海を越えて、彼と荷物を軍港に連れ戻した。そこで上陸するなり直ちに渡り板を踏んで、ヴェネツィアに向かう出航まぎわの船の湿っぽい甲板にのぼった。

それはイタリア船籍の古びた船だった。すっかり老朽化し、煤《すす》けて、薄暗かった。アッシェンバッハは乗船するとすぐに、せむしの不潔な水夫によって、にやけた馬鹿丁寧な態度で、電灯の点いた穴蔵のような間仕切り部屋に入れられたのだが、そこには机の向こうに、時代遅れのサーカス団長のような顔をした山羊ひげの男が、ひたいまで斜めに帽子を被り、口の角に煙草の吸い差しをくわえて座っていた。男はしかめ面の事務的な態度で、旅行者の氏名年齢などを聞き取り、乗船券を発行していた。「ヴェネツィアまで！」彼はアッシェンバッハの申請を復唱して腕を伸ばし、残りのインクがどろりと淀んでいる斜めに傾いたインク壺の中にペンを突き刺した。「ヴェネツィアまで、一等！　承りましたよ、お客さん」。そして金釘流の字を書くと、小さな缶から用紙の上に青い砂を撒き、それを陶器の皿に払い落とし、黄ばんで骨ばった指で紙をたたんで、あらためて何かを書き付けた。「良い目的地を選ばれました！」その間にも男はしゃべり続けた。「ああ、ヴェネツィア！　すばらしい町です！　教養ある人たちはあの町の魅力には逆らえません。町の歴史、今の魅力！」彼の動作の滑らかな速さと、それを伴奏した空しいおしゃべりには、どこか神経を麻痺させ、注意を逸らせるようなものがあった。それはまるで、この旅行者がヴェネツィアに行こうと決心したもののまだ迷うかも知れないと、心配しているかのようだった。男は急いで金を受け取ると、賭博の胴元のような機敏さで、釣り銭を机の汚れた布カバーの上に落とした。「しっかりお楽しみを、お客さん！」と、役者のようなお辞儀をして言った。「お役に立てれば名誉なことで、……皆さん！」男はすぐに片腕をあげて呼びかけ、手続きを待っている者などもう一人もいないのに、事務が順調に進んでいるかのような仕草をした。アッシェンバッハは甲板に戻った。

彼は手すりに片腕をのせて、岸壁で出航を見ようとぶらついている暇な住民とデッキの旅客を眺めた。二等の客は、男も女も、箱や包みを腰掛け代わりにして前甲板にしゃがんでいた。一等甲板に乗り合わせた旅客は若者たちのグループだった。見たところ、プーラの町の店員で、イタリアへの旅行に皆一様に興奮していた。自分たちのことやこれからの計画のことで少なからず騒いでいた。しゃべり、笑い、いい気なジェスチャーを繰り返してははしゃぎ、書類カバンをかかえて港の通りを行く仕事中の同僚たちに、手すりから身を乗り出して口から出任せの嘲笑を浴びせかけた。するとからかわれた方はステッキを振り上げて浮かれ騒ぐ一団を脅した。明るい黄色の流行最先端のサマースーツを着用し、赤いネクタイを締め、大胆に反り返ったパナマ帽をかぶり、甲高い声をはり上げて、陽気さという点で他の誰よりも目立つ男がいた。しかしアッシェンバッハは、少し注意してその男を見つめるや、この若者が偽物であることに気づいて、一種の驚愕を感じた。年寄りであった。疑う余地がなかった。しわが目と口を取りまいていた。頬の鈍い赤色は化粧だった。色鮮やかなリボンを巻いたパナマ帽からのぞく茶色の髪はかつらだった。首は肉が落ちて筋張っていた。無理に膨らめた口ひげと顎の皇帝ひげは染めてあった。笑うたびにのぞかせた黄色い歯は、数こそ揃っていたが、安物の入れ歯だった。左右の人差し指に印章指輪をはめた手は、老人の手だった。アッシェンバッハはぞっとして、その男が友人たちと連れ立っている様を見やった。この男が年寄りであることを、彼らは知らないのか、気づいていないのか。この男が彼らと同じおしゃれで派手な服を着用し、彼らの仲間を演じているのは不当なのだということに。それは当たり前で慣れきっているという様子で、彼らはこの男を自分たちの中に受け入れ、仲間として扱い、この男がふざけて肋《あばら》の辺りを押すと、それを嫌がる様子もなくやり返していた。これはどういうことだ？　アッシェンバッハは片手でひたいを押さえ、目を閉じた。ほとんど眠らなかったために、目はひりひりと熱かった。出だしがあまり順調でないような気がした。夢でも見ているように馴染んだ世界が消え、歪んで奇妙なものに変わり始めているような気がした。少し視野を暗くし、もう一度まわりを見回してみたら、この歪みを止められるかも知れない。しかしこの瞬間、泳いでいるような感覚が彼に触れた。頭の働かないまま驚いて目を上げると、重く暗い船体がゆっくりと石積みの岸壁を離れるところだった。ほんの少しずつエンジンが前進と後退の動きを繰り返して、岸壁と舷側との間の汚く光る水の帯が広がっていった。ぎごちない方向転換を終えると、汽船は船首斜檣《しゃしょう》を外洋に向けた。アッシェンバッハが右舷に行くと、あのせむしの男が彼のために広げておいた寝椅子があり、染みだらけの燕尾服を着たサービス係に、なにか承ることはないかと聞かれた。

空は灰色だった。風が湿気を運んできた。港と島々が背後に遠のき、どんよりとした視界からたちまち陸地の影が消えた。炭塵《たんじん》の薄片が湿気を吸って膨らみ、洗われたままいつまでも乾こうとしないデッキに降り落ちた。一時間もすると雨が降り始めて、帆布の天幕が張られた。コートに身を包み、膝に本を置いて、旅行者は体を休めた。いつともなく数時間が過ぎて、雨はすでに止んでいた。帆布の天幕が撤去された。水平線は欠けるところがなかった。曇った天空のドームの下に、見渡す限り荒涼たる海の巨大な円盤が広がっていた。しかし広漠として遮るものもない広がりの中では、わたしたちの感覚から時間の尺度も欠け落ちる。茫漠として計り知れないものの中で、意識はもうろうとし始める。老いた気取り屋、船内にいた山羊ひげの男、そういう影のように奇妙な姿が、あいまいな身振りで混乱した夢の言葉をつぶやきながら、休息する男の心の中を通り過ぎていった。彼は眠りに落ちた。

昼ごろ食事のために廊下のような食堂に降ろされた。そこはベッドを並べた寝室と扉一枚で繋がっていた。長いテーブルがあって、彼はその上席で食事を摂ったが、端の方ではあの店員たちが、例の老人も含めて、十時から陽気な船長と酒盛りをしていた。食事はひどかった。彼はさっさと終わりにした。室外に出て空を見たくてたまらなかった。ヴェネツィアの方の空がいまにも明るみ始めてはいないだろうか。

彼の頭にはそうなるに違いないという考えしかなかった。この町はこれまでいつも輝きのうちに彼を迎えたのだから。しかし空と海はいつまでも鉛のようにどんよりとしたままだった。ときどき霧雨が降ってきた。彼は、水路を取ると、陸路で近づいて出会うのとは別なヴェネツィアに達するのだという考えを受け入れた。前檣の下に立って遠くを眺め、陸地を待ち望んだ。憂鬱で熱狂的な一人の詩人のことが思い出された。かつてその詩人の眼前に、この波間から、詩人の夢見たドームと鐘塔がせり上がってきたのである。当時、畏敬と幸福と悲しみの、韻律豊かな歌となった詩句のいくつかを、彼は声に出さずに口ずさんだ。すると、早くもある感覚が生まれ、それにたやすく引きずられて、新しい熱狂と混乱が、感情の遅咲きの冒険が、旅に出た無為の自分にまだ残されているなどということがあるのだろうかと、重く疲れた心に自問した。

そのとき右手に平坦な海岸が浮かび上がった。漁師の舟で海が賑わい、海水浴場の島が現れた。汽船はそれを左手に置き去りにして、スピードを落とし、その島の名で呼ばれる狭い港に滑り込み、ラグーナに至ると、乱雑でみすぼらしい家々と向かいあって完全に停止した。保健所の小舟を待たなければならなかった。

小舟が現れるまで一時間かかった。ヴェネツィアに着いたのに、まだ着いていない。急ぐ必要はなかったが、気分的にいらいらさせられた。プーラの若者たちは、向こうの公園の方から海を渡って響いてくる軍楽隊のホルンの合図に愛国的な気分をそそられたのだろう、デッキに集まっていたが、アスティ産のワインに調子づき、向こうで訓練を続ける狙撃兵に向かい万歳を繰り返した。しかしあのめかし込んだ老人が、若者たちとインチキの同行をして陥った状態は、見るに堪えないものだった。年老いた脳は若く元気な脳のようには酒に抵抗することができなかった。男は見るも哀れに酔っぱらっていた。視線は朦朧《もうろう》とし、震える指に煙草を挟み、なんとか平衡を保ちながらも、酔いに引かれ、立ったまま前へ後ろへ揺れていた。一歩踏み出せば倒れてしまいそうなので、その場を動く気力がなく、それでも嘆かわしい空元気《から》を見せて、近寄ってくる誰彼のボタンをつかみ、しどろもどろにしゃべりかけ、目くばせをし、ひっひっと笑い、指輪をつけた皺だらけの人差し指を立てて愚かな冷やかしに興じ、おぞましくも意味ありげに舌先で口元を嘗《な》めて見せた。アッシェンバッハは眉をひそめてこの男を見ていた。するとまたしても、世界が微かに、しかし止めようもなく傾き始めて、奇妙で醜悪な面相に歪んでいくような、くらくらとした気分に襲われた。もちろんその気分に心を奪われている状況ではなく、ちょうどその時、エンジンのドッドッという活動があらためて始まり、船は目的地のすぐそばで中断していた航海を再開し、サン・マルコの運河に入っていった。

こうして彼はその場所に再会した。世にも不思議な波止場、そこには幻想的な建物の、あの目を眩ますような構想がある。それはかつて、ヴェネツィアの共和国が、海路からの訪問者の畏敬に満ちた視線に対置したものだ。宮殿の軽やかな壮麗さと溜息《ためいき》の橋、岸辺に立ち獅子と聖者を戴く二本の円柱、童話のような寺院の華麗に張り出した側面、門道と大時計を望む眺望。見つめる彼の思いは、陸路でヴェネツィアの駅に着くのは、宮殿に裏口から入るようなものだ、どこにも増して非現実的なこの町は、いま自分がしたように、船に乗って波高い海を越えて来るべきだろう、そんな考えをたどっていた。

エンジンが止まった。ゴンドラが集まってきた。タラップが降ろされ、税関の職員が乗り込んできて、おざなりに職務をすませた。下船の準備が整った。アッシェンバッハは、ゴンドラが欲しい、町とリドとの間をつなぐあの小さな汽船の発着所に自分と荷物を運んでもらいたい、と知らせた。海辺に宿を取ろうと思っていたのである。それは良い考えだと言われ、彼の希望が水面に大声で伝えられ、ゴンドラの船頭たちが方言で互いに争っている。彼はまだ下船できない。ちょうどトランクが梯子のような階段をどうにかこうにか引きずり降ろされている最中で、通せんぼをされている。こうして数分間、おぞましい老人のしつこさから逃れられない破目に陥る。男は酔いに駆られて正体もなく、見ず知らずの人に別れの挨拶をしようというのだ。「どうか楽しい楽しいご滞在を」、山羊でも鳴くような声で言うと、片足を後ろに引いて馬鹿丁寧なお辞儀をする。「どうかご親切にお見知りおきを！　ではまた、ご免ください、ボン・ジュール、閣下！」口がよだれに濡れ、両目を閉じ、口元を嘗める。染めた口ひげが年寄りじみた唇のところで逆立っている。「わたしどもの挨拶を」、口に二本の指先をあて、回らぬ舌で言う。「私どもの挨拶をいとしいお方に、一番好きな、一番すてきなあの方に……」。とつぜん上の入れ歯が上顎から外れて下唇の上に落ちる。アッシエンバッハは逃れることができた。「いとしいお方に、すてきな方に」、甘ったるく虚ろな、舌の回らぬ声を背中に聞きながら、彼はロープの手すりを頼りに必死でタラップを降りた。

生まれて初めて、あるいは長く忘れていた後で、ヴェネツィアのゴンドラに乗ることになったら、いったい誰が一瞬の戦慄を、ひそかなためらいと不安を克服しないでいられるだろうか。奇妙な乗り物、伝説の時代から変わることなく今日に伝えられ、あらゆるものの中でこれほどの黒さは棺の他にないというくらい独特に黒い色の乗り物、——それは水音の響く夜に音もなく行われる犯罪的なアバンチュールを連想させる。またそれ以上に死そのものを、棺台と暗い埋葬と最後の沈黙の旅立ちを連想させる。そしてこのような小舟の座席が、棺のように黒くニスを塗られ、黒っぽいクッションを置いた肘掛けつきのこの座席が、この世で一番柔らかく、贅沢で、人を無気力にする座席だということに気づいたことがあるだろうか。アッシェンバッハは、舳《へ》先《さき》にきれいにまとめて置かれた荷物と向かいあって、船頭の足下に腰をおろしたとき、そのことに気づいた。船頭たちはあいかわらず喧嘩していた。粗暴で、何をまくし立てているのかわからない、脅しつける身振り。しかし水上都市の独特な静けさが、彼らの声を柔らかく吸収し、中身を抜き、満々たる水の上にまき散らしてしまうようだった。港の中は暖かかった。なま暖かいシロッコになぶられ、しなやかな水の上でクッションにもたれて、旅の男は、経験のない甘い怠惰を味わいながら目を閉じた。この船で行くのはわずかな間だ、彼は思った。ずっと続けばいいのに！　かすかに体が揺れて、雑踏から、縺《もつ》れあった声から離れるのを感じた。

　周囲はいよいよ静けさを増していった。聞こえるものはただ、オールが水をたたく音、小舟の舳先を波が空しくたたく音ばかりだった。舳先は垂直に、黒々と、先端に矛槍《ほこやり》のような補強を付けて水の上に突き立っていた。そしてそこに第三の音、ぶつぶつと何かをしゃべる声、――船頭のささやき声が聞こえた。ゴンドラを漕ぎながら、歯の間からとぎれとぎれに、腕の一漕ぎごとに押し出される声で、独り言を言っていた。アッシェンバッハは目を上げ、周囲にラグーナが広がり、船が沖に向かっているのに気づいて、おかしいと思った。これはつまり、ゆったりし過ぎていてはならない、自分の意志が実行されるかどうか少し注意していなければならないということのようだった。

「汽船の発着所だ！」体を半分うしろに振り向けて言った。つぶやく声が止んだ。答えはなかった。

「汽船の発着所に行ってくれ！」彼はすっかり体を向き変え、船頭の顔を見上げて繰り返した。船頭は彼の後ろで一段高い船べりに立ち、どんよりした空を背景に立ちはだかっていた。無愛想で、残忍なと言ってもいい人相の男だった。いかにも水夫のような青い服を着て、黄色い飾り帯を腰に巻き、編み目のほつれかけた不格好なパナマ帽をふてぶてしく斜めにかぶっていた。顔の造作と短く上を向いた鼻下のブロンドの縮れた口ひげのせいで、どう見てもイタリア人には見えなかった。体の作りはむしろ華奢な方で、特にその職業に相応しいとも思えなかったが、一漕ぎごとに全身の力を込め、大変なエネルギーでオールを操っていた。二、三度、緊張のあまり唇がめくれ、白い歯がむき出しになった。赤みをおびた眉をひそめ、客の頭越しに彼方を見ながら、断固とした、ほとんど粗暴な口調で男は答えた。

「リドに行くんでしょう」

アッシェンバッハが答えた。

「もちろん。だがゴンドラを雇ったのは、サン・マルコに渡してもらうためだけだ。運河の連絡船を使うつもりだ」

「連絡船は使えませんよ、お客さん」

「どうして?」

「連絡船は荷物は運ばないんで」

その通りだった。アッシェンバッハは思い出した。彼は黙った。しかしこの男のそっけなく横柄な、この土地で外国人に対してはまず見られない態度が、我慢しがたく思われた。彼は言った。

「私の勝手だ。荷物は預けるつもりだ。引き返してもらおう」

沈黙がきた。オールが水をたたき、波が鈍く船首を打った。それからぶつぶついう声がまた始まった。船頭は歯を剝き出して独り言を言っていた。

どうしたら良かったたか。奇妙に反抗的で、不気味に肝のすわった男と二人きり波間に浮かび、旅する男は自分の意志を貫く手段が見つからなかった。腹さえ立てなければ、ゆったり休んでいても良かったのに。彼は、ゴンドラの航路が長く、いつまでも続いて欲しいと望んだのではなかったか。何事も流れに任せるのがいちばん賢い。なんと言ってもそれがいちばん快適だ。怠惰の呪縛が座席から立ちのぼって来るようだった、黒いクッションを置いたこの低い肘掛けの座席から。後ろの身勝手な船頭はオールの一漕ぎごとになんとやさしく揺すってくれるではないか。犯罪者の手に落ちたというイメージが夢のようにアッシェンバッハの脳裏をかすめた、——頭を揺り起こして防御の行動に移る力はない。単純に暴利をむさぼりたいだけなのだろうという可能性の方が、もっと不愉快に思われた。一種の義務感情か、プライドか、それは防がなければならないということを、ふと思い出して、彼はなんとか気力を取り戻すことができた。船頭に尋ねた。

「船賃はいくらだ？」

あいかわらず彼の頭越しに向こうを見たまま、ゴンドラを操る男は答えた。

「払ってもらいますよ」

これに返すべき言葉ははっきりしていた。アッシェンバッハは機械的に言った。

「私は払わない。私が行きたい所に行ってくれるのでなければ、びた一文払わない」

「リドに行くんでしょう」

「あんたとは行かない」

「ちゃんとお連れしますよ」

それはそうだ、とアッシェンバッハは思って、緊張が解けた。それはそうだ、おまえは私をちゃんと連れて行く。おまえの狙いが私の有り金で、後ろからオールの一撃で私を死者の国に送り込んでも、おまえは私をちゃんと連れて行ったと言えるだろう。しかしそういうことは起こらなかった。それどころか旅の道連れが加わった。ギターやマンドリンにあわせて歌う追い剝ぎ楽団とも言うべき男女のボートだった。連中はあつかましくもゴンドラの船べりに自分らの船をぴったり寄せて、静かな水面に金欲しさの聞き慣れない歌をまき散らした。アッシェンバッハは差し出された帽子に金を投げ入れた。すると彼らは歌をやめて行ってしまった。船頭のささやき声がまた聞こえてきた。とぎれとぎれに脈絡のない独り言をつぶやいていた。

こうして、町に向かう汽船の航跡に揺られながら到着した。市の役人が二人、両手を背中に回し、顔をラグーナの方に向けて、岸壁を行ったり来たりしていた。アッシェンバッハは渡り板を踏んでゴンドラを降りた。ヴェネツィアのどの発着所でも鉤つき棒を持って待機しているあの老人が支えてくれた。小銭がなかったので、汽船の桟橋に隣接したホテルに行き、両替をし、船頭には適当に払おうと思った。ホールで用件を済ませて引き返すと、荷物がすでに岸壁の荷車に移されている。ゴンドラと船頭の姿はなかった。

「逃げていきましたよ」、鉤つき棒を持った老人が言った。「悪い男でね、無免許なんですよ、旦那さん。免許無しでやっているのは、あいつだけですよ。他の船頭がこちらに電話してくれましてね、張り込まれたのに気づいたんですな、逃げていきました」

アッシェンバッハは肩をすくめた。

「旦那はただ乗りをしたわけです」、老人はそう言うと帽子を差し出した。アッシェンバッハは硬貨を投げ入れた。荷物を海水浴客用のホテルに運ぶよう指示を与え、荷車の後について並木道を歩いた。白い花の咲くその並木道は、両側に飲食店や、街頭の市場や、ペンションが並び、島を横切って浜辺に通じていた。

彼は広大なホテルに後ろの庭園のテラスから入った。大ホールと控えのホールを抜けて受付に出向いた。予約が入れてあったので、手続きは簡単に終わった。支配人は小柄で、物音をたてない、お世辞のいい丁寧な男で、黒い口ひげを立て、フランス風に仕立てたフロックコートを着ていた。エレベーターで三階まで彼を案内し、この部屋だと教えてくれた。快適な、桜材の家具を入れた部屋で、強く匂う花が飾られ、高さのある窓からは広々と海が望めた。支配人が行ってしまうと、彼は窓の一つに近寄り、うしろで荷物が運び込まれ、部屋に収められている間に、人気のない午後の浜辺と陽光のない海を眺めた。海はちょうど満潮の時で、まっすぐに延びた低い波を、静かな単調なリズムで岸に送っていた。

孤独と沈黙の人が行う観察や、その人が出会う出来事は、仲間の多い人の観察や出来事よりも曖昧であり、同時に切実でもある。そういう人の考えはより深刻で、変わっていて、どこかに悲哀の影がさしている。ただ一度の視線、一度の笑い、一度の意見交換で簡単に片付けられるような映像や発見が、異常にその人を刺激し、沈黙の中で深められ、意味を持ち、体験となり、冒険となり、感情となる。孤独は独特なものを生み出す。大胆で異様に美しいものを、詩を生み出す。しかし孤独はまた倒錯したものを生み出す。均衡を欠いたものを、不条理で許されないものを生み出す。――そんな風に、ここまでの旅で出会った様々な人たちが今もまだ旅する男の心をかき乱していた。いとしい人にどうのと戯言《ざれごと》を吐いたおぞましく年老いた洒落者、無認可営業の、報酬を騙し取られたゴンドラの船頭。理性に難題を突きつけるわけでもなく、そもそも考えるに値する材料を提供するわけでもないのに、そのような人たちが何か根本的に奇妙な存在に思われた。恐らくこの矛盾の故にこそ、これほど心をかき乱すのであろう。そんなことを思いながら目で海に挨拶を送り、ヴェネツィアをこれほど近々と目の前に見ることのできる喜びを感じた。彼はやっと窓辺を離れた。顔を洗い、部屋係のメードに快適に過ごすためのいくつかの指示を与え、緑のお仕着せを着たエレベーター係のスイス人に一階に降ろしてもらった。

彼は海側のテラスでお茶を飲んだ。それから下に降りて、海岸の遊歩道をエクセルシオール・ホテルの方にしばらく歩いてみた。引き返すとすでに晩餐のために着替える時間のようだった。ゆっくりと念入りに、いつもの流儀で着替えをした。身だしなみを整えながら仕事のことを考えるという習慣がついていたのである。それでもホールに行ってみるとまだ少し早過ぎた。宿泊客の大部分が、おたがい見知らぬ同士、わざとらしく関心のないふりをして、しかし食事を待つ期待は同じで集まっていた。彼はテーブルから新聞を取り、革張りの安楽椅子に身を沈め、その顔ぶれを観察した。ありがたいことに、最初の滞在地の顔ぶれとは違っていた。

そこには、忍耐強く多くのものを包み込む広く国際的な水準が認められた。主要な複数の言語の響きがひそひそと混じりあった。世界中で通用する晩餐の服装、文明の印の礼服が、様々な人種国籍の人々を、外面的には礼儀正しい統一体にまとめ上げていた。アメリカ人のあっけらかんとした長い顔があった。ロシア人の一家はいくつもの小家族から成っていた。イギリスの貴婦人がいた。ドイツ人の子供たちにはフランス人の世話係がついていた。スラブ系の人たちが目立った。すぐ近くでポーランド語が話されていた。

それはまだ成人していない者たちのグループで、家庭教師か付き添いの人らしい女性に監督されて、籐製の小さなテーブルの周りに集まっていた。十五歳から十七歳と思われる三人の少女と、髪の長いおそらく十四歳くらいの少年。アッシェンバッハは、この少年が完璧に美しいことに気づいて愕然とした。うち解けないその顔は青白く優美で、蜂蜜色の髪の毛に囲まれ、鼻筋は真っ直ぐ下に通って、口は愛らしく、優しく神々しいまでに生真面目な表情を浮かべ、もっとも高貴な時代のギリシア彫刻を思わせた。形式が最高の純粋さで完成されながら、一度きりの個人としての魅力も持っている。これを見ると、生身の人間であれ、造形芸術であれ、これほどに恵まれた実例には出会ったことがないと確信された。さらに目立ったのは、この姉妹と弟の服装や生活全般を規制していると思われる教育的な観点に、あきらかに根本的なコントラストがあったことである。最年長の娘はもう大人と言ってもよかったが、三人の少女の身だしなみは、不格好と言いたいくらいそっけなく貞淑なものだった。曲線を拒否した僧院風の服装で、色は灰青色、着丈は中途半端に長く、仕立ては味気なく、わざと似合わなくしたようで、白い折り返しの襟だけが唯一の明るさ。それは姿のどんな美点をも抑圧し、妨害した。頭にぴったりと貼り付けた髪は、三人の顔を尼僧のように空虚に無表情に見せていた。間違いない、この支配の仕方は母親だ。そしてその母親は、娘に向けた教育的厳格さを少年にも適用しようなどと、考えてみたこともないのである。少年の姿全体を包んでいるのは、どう見ても柔和で細やかな愛情だった。その美しい髪に鋏を入れようと思う者はいなかった。『棘を抜く少年』の像と同じように、巻き毛がひたいに掛かり、耳にかぶさり、さらに深くうなじに垂れている。イギリス風のセーラー服は、膨らみのある袖が下にいくほど狭まって、まだ子供のような細い手の華奢な関節をぴったりと包み、飾り紐や蝶結びのリボンや刺繍に飾られて、少年の繊細な姿にどこか贅沢でわがままな印象を与えていた。少年は、見つめる男に半分横顔を向け、黒いエナメル靴を履いた足を片方の足の前に置き、籐椅子の肘掛けに片方の肘を乗せ、握った手で頬づえをつき、エチケットなど忘れた風情で座っていた。そこには姉妹たちが習慣づけられたほとんど強制的な強《こわ》ばりは微塵もなかった。この子は病気なのだろうか。なぜなら少年の顔の皮膚は象牙のように白く、顔を取りまく巻き毛の暗い金色と際立った対照をなしていたからである。それともただ、この子だけが気まぐれなえこひいきの愛情を受けて甘やかされた秘蔵っ子なのだろうか。アッシェンバッハはそう思いたい気持になった。どのような芸術家の本性にも、美を生み出す不公平を承認し、貴族主義的なえこひいきに共感と敬意を寄せる、度の過ぎた背信的な傾向が備わっているものである。

ボーイが動き回って、食事の用意ができたと英語で知らせた。客たちはガラスのドアを通ってしだいに食堂の中に消えていった。遅れてきた人たちが、玄関の間やエレベーターから現れて通り過ぎていった。中ではすでに晩餐の給仕が始まっていた。しかし若いポーランド人たちはまだ籐製の小さなテーブルの周りに残っていた。そしてアッシェンバッハも深い安楽椅子の中で気持よく上体を起こし、美を目の前に見ながら、彼らと一緒に待ったのである。

家庭教師は、赤ら顔の小さく太った婦人だったが、やっと立ち上がる合図を出した。彼女は眉をつり上げて椅子を後ろに引き、深くお辞儀をした。貴婦人が一人、グレーがかった白のドレスにたっぷりと真珠を飾ってホールに入ってきた。この婦人の態度は冷静で落ち着いていた。軽く髪粉を振った髪の整え方も服の仕立て方も、ある単純さを備えていた。それは、敬虔であることが気品の大事な一部とみなされる場所では、必ず趣味の良し悪しを決定する要素である。婦人はドイツの高官の妻であったかもしれない。装身具だけが彼女の姿にどこか幻想的で豪奢な感じを与えていた。それは耳飾りと、柔らかく輝くサクランボ大の真珠の、三連の長い首飾りだったが、じっさいほとんど値をつけられないほどのものだった。

姉妹と弟はさっと立ち上がり、身を屈めて母親の手に接吻した。婦人は、ツンとした鼻の、やや疲れた感じではあるもののよく手入れされた顔に控え目な微笑を浮かべ、子供たちの頭越しに視線を送ると、教育係の女にいくつかフランス語で言葉をかけた。それからガラスのドアの方に歩いていった。子供たちが後に従った。娘たちが年齢順に一列になり、その後に家庭教師、しんがりが少年だった。なんの理由からか、少年は敷居をまたぐ前に振り向いた。ホールには他にもう誰もいなかったので、少年の薄明かりのさしたような独特なグレーの目は、新聞を膝に置いて、彼らの後ろ姿にぼうっと見とれていたアッシェンバッハの目にぶつかった。

彼が見たものは、どれを取っても特に目立つものではなかった。彼らは母親より先にテーブルに着かなかったし、母親を待ってうやうやしく挨拶し、食堂に入るときにはは慣習的な形式が守られていた。しかしそうしたことがすべて実にはっきりと、しつけと義務と自負心を強調するように行われたので、アッシェンバッハは奇妙な感動を覚えた。彼はなおしばらくためらってから食堂に移動し、自分の席を教えてもらった。そこは、彼自身残念だという気持が一瞬動くのを確認したのだが、ポーランド人の家族からはひじょうに離れた席だった。

疲れてはいたが、精神的には活発になって、長時間の食事の間、彼は抽象的な、超越的でさえある問題と取り組んで楽しみ、美しい人間が生まれるために一般法則が個性と結び合わなければならない秘密の結合について思いを深め、そこから形式と芸術の一般的な問題に移り、けっきょく最後に、自分の考えや発見は、いわば上辺《うわべ》だけ幸福な夢の囁きのようなもので、覚めた心で見れば、完全に味気ない、役に立たないものだと思ったのであった。食事の後、夕闇の垂れ込める庭園で、しばらく煙草を吹かし、座ったり、歩き回ったりしていたが、早めに休むことにし、様々な夢の映像に賑わいはしたが途切れることなく深く続いた眠りのうちに夜を過ごした。

天気は翌日も回復しなかった。陸風が吹いた。どんよりした空の下で海は鈍く静まりかえり、海面にはいわばたくさんの皺ができ、水平線はただ単純に近くに見えて、海は浜辺からだいぶ沖合に後退し、幾筋か長い砂洲《さす》が残されていた。アッシェンバッハは窓を開け、そのとき腐ったラグーナの臭いを嗅いだように思った。

不快感が彼を襲った。早くもこの瞬間、出発を考えた。数年前いちど、ここで数週間明るい春を過ごした後、この天気に襲われ、ひどく体調を損なわれて、逃げるようにヴェネツィアを去らなければならなかったことがあった。あの時の熱っぽい嫌気がまたしてもさしてきたのではないか。こめかみの圧迫感、まぶたの重さ。もう一度滞在地を変えるのは煩わしい。しかし風向きが変わらなければ、ここはもう留まる場所ではない。彼は念のために、荷物をすべて開いてはいなかった。九時にホールと食堂の間にある、朝食専用のビュッフェで朝の食事をとった。

部屋は厳粛に静まりかえっていた。これは大きなホテルがおしなべて誇りにしているものである。給仕するボーイたちが足音を忍ばせて行き交っていた。茶器の触れあう音と半ば囁くような話し声が、耳に聞こえるすべてだった。ドアの斜め向かい、彼の席からテーブル二つ先の、部屋の隅に、アッシェンバッハはポーランド人の娘たちが教育係の女と一緒にいるのを見つけた。ぴんと背筋を伸ばし、灰色がかった金髪を今朝もぴったりと頭につけ、少し赤らんだ目をして、小さな白い折り返しの襟と袖口のついた青いリンネルの固い服を着て、彼女たちはその席に座り、ジャムの入ったグラスをたがいに手渡していた。朝食はもうほとんど終わっているようだった。少年の姿がなかった。

アッシェンバッハは微笑んだ。さては、パイエーケスの子供だな！　そう思った。おまえは姉さんたちと違って好きなだけ寝ている特権を楽しんでいるようだ。すると突然心が晴れ、一行の詩句を口ずさんだ。「いくたびも替える身の飾り、温かき湯浴《ゆあ》みと眠り」。

彼はゆっくりと朝食をすませ、モールの付いた帽子を脱いで食堂に入ってきた守衛の手から、回送されてきた数通の郵便を受け取り、煙草を吸いながら、手紙を二、三通開封した。そうして、向こうの席で待たれていた朝寝坊の到着に居合わせることになったのである。

少年はガラスのドアから入り、部屋を斜めに横切って静かに姉たちのテーブルに向かった。その歩き方は、上体の起こし方も、膝の動きも、白い靴を履いた足の運び方も、並外れて優美だった。ひじょうに軽やかで、優しいと同時に誇らしげで、子供らしい恥じらいによってさらに美しさを加えていた。その恥じらいから途中二度ばかり、振り向いて食堂の中をのぞき見、目を上げてまた伏せた。微笑を浮かべ、柔らかく曖昧に聞こえる彼の国の言葉を小声で喋りながら、自分の席に着いた。そして今こそ、見つめていた男にその完全な横顔を向けたので、この男はあらためて、その子供の神々しいばかりの美しさに驚き、いや、じっさい愕然となったのである。少年は、きょうは青と白のストライプの軽快な水兵服を着ていた。生地は木綿で、胸の所に赤い絹のリボンを蝶結びに付け、シンプルな白い立ち襟で首の所がとめてあった。この襟は服の特徴にとくにエレガントに適合しているとは思えなかったが、比類のない愛らしさで頭部の美を花開かせていた、——それは、パロス島産大理石の黄色みを帯びたつやを持つエロスの頭だった。繊細で生真面目な眉、まっすぐに垂れかかる巻き毛に暗く柔らかく覆われた耳とこめかみ。

なるほど、みごとだ！　アッシェンバッハは専門家らしいあの冷静な賛意をこめて思った。芸術家はしばしば傑作に対し、自分たちの熱中と賛嘆をこのような賛意に包むのである。彼はさらに考えた。なるほど、私を待っていたのは海と浜辺ではなかったのだ。おまえがいる限り、私はここに留まろう！　しかしそのあと彼はその場を立ち去った。従業員たちの注目を浴びながらホールを抜け、大きなテラスを降りてまっすぐに板張りの小さな橋を渡り、ホテル客用に仕切られた浜辺に向かった。下では、亜麻布のズボンに水兵服の上衣、それに麦藁帽というでたちの裸足の年寄りが、海水浴場の仕切り役として働いていたので、彼は浜辺で使う賃貸しの小屋を世話してもらい、砂にまみれた木製の平台の上にテーブルと安楽椅子を置かせ、デッキチェアは海に向け、蠟のような黄白色の砂地に引き出して、その上に気持よく横たわった。

海辺の風景。水という根元的な物質のへりで、のんびりと感覚の喜ぶままに楽しむ人々の風俗を見ることは、以前と同じように彼を楽しませ喜ばせた。すでに、灰色に凪いだ海は、水の中を歩く子供たちや泳ぎを楽しむ人たち、また腕を頭の下に組んで砂洲に寝そべる様々な姿形の人々によって賑わっていた。赤と青にペンキを塗った竜骨のない小さなボートをこぎ、転覆して笑う人たちがいた。一列に長く並んだ小屋の平台には小さなベランダに腰掛けるように人々が座り、そこには、遊び戯れる動きと怠惰に寝そべる休憩と、訪ねあい笑いあう声と、くつろいで無遠慮にこの場の自由を謳歌する裸体と、細心の注意をこめた朝のエレガンスとが並びあっていた。前方の湿って固く締まった砂浜に、白い海水浴用のコートや、どぎつい色の大きなシャツを着て、それぞれに散歩を楽しむ人たちがいた。右側では子供たちが複雑な形の砂の城を作り、これには色とりどりの万国旗がぐるりと飾られていた。貝や菓子や果物の売り子たちがひざをついた姿勢で商品を並べていた。左側にはこちらの小屋の列と海に対して斜めに立ち並ぶ小屋があり、これは浜辺がそこで終わることを示しているのだが、その一つの前に、ロシア人の家族が陣取っていた。歯の大きな、ひげ面の男たち、動きの鈍い疲れ切ったような女たち、画架のそばに座って時々だめだと叫びながら海を描いている、バルト海の方から来た一人の若い女性、気はよさそうだが見栄えのしない二人の子供、うやうやしくへりくだった奴隷のような物腰の、スカーフで頭を包んだ老女中。彼らは、その場所でありがたそうに海辺の生活を楽しんでいた。言うことを聞かずにはしゃぎ回る子供たちの名前を、うんざりする様子もなく呼び続け、おどけた老人から砂糖菓子を買い、その後いつまでも、およそイタリア語とは思えない言葉でふざけあい、たがいの頰に接吻を交わし、周囲の人たちの目などまったく気にする様子がなかった。

ではここにいることにしよう、アッシェンバッハは思った。もっとましな場所がどこにあるだろうか。そして膝の上に両手を組み、海の広大な広がりに目をさまよわせた。その視線は、空漠とした空間の単調なもやの中に迷い込み、朦朧として崩れていった。彼が海を愛するには深い理由があった。まず困難な仕事を続ける芸術家の休みたいという欲求。様々な出来事や人物を多種多彩に描き出すという課題の難しさのために、単純で巨大なものの胸に隠れたいと思うのである。つぎに、尺度もなければ分割することもできない永遠のもの、つまり無に向かおうとする、禁じられた、自分の課題に真っ直ぐ対立する、だからこそ誘惑的な性向。優れたものを求めて努力する人は、完全なものに触れて安らぎたいという憧れを持つ。そして無は完全さの一つの形ではないだろうか。しかし彼の夢想がこんな風に深く漠とした方向に入り込んだとき、とつぜん波打ち際の一本の線を人の影が断ち切った。彼が境界のない領域から視線を回復し集中すると、それはあの美しい少年だった。左から来て、目の前の砂浜を通り過ぎたのである。少年は裸足だった。水に入るつもりだろう、細い脚を膝の上まで出して、ゆっくりと、でも軽やかに誇らしげに、靴なんかなくっても動くのは平ちゃらだと言わんばかりに歩いていった。そして斜めの方向に並んでいる小屋の方を振り向いた。しかし、向こうで嬉しそうにそれぞれの楽しみに没頭しているロシア人の家族を見つけるや、怒りを含んだ軽蔑の嵐がその顔を覆った。ひたいが翳り、口が上に引きつり、唇が横に苦々しく引っ張られ、そのせいで頬に線が走った。きびしく眉をひそめたために、その力で目が落ちくぼんで見えた。その目は怒りに暗く、憎しみの言葉を吐くようだった。少年は地面を見、もういちど脅すように後ろを振り返ると、何かを激しく投げ捨て、背を向けるようなしぐさで片方の肩をそびやかして、敵を背後に残して歩き去った。

一種の愛情なのか驚きなのか、それとも何か尊敬と恥ずかしさのようなものなのか、アッシェンバッハは、何も見なかったかのように回れ右をしたい気がした。なぜなら少年のパッションを偶然見てしまった生真面目な男は、たとえ自分一人に留めるとしても、いま見たものから何かを引き出すのは嫌な気がしたからである。しかし彼は気持が明るくなると同時にショックを受けた。つまり嬉しくなったのである。この上なくおめでたい一片の人生に敵対的に向けられた、この子供じみたファナティシズム、――それは、無言の神々しいものを人間の領域に引き入れ、目の楽しみにしか役立たない自然の貴重な造形を、もっと深い関心に値するものとして見せてくれた。そしてそれは、もともと美しいからこそ貴重なこの未成年の姿に一種の箔をつけ、その箔によって少年をその年齢以上に真剣に受け止めることを許してくれたのである。

なお背を向けたまま、アッシェンバッハは少年の声に耳を傾けた。少年は少し弱いその声で、早くも遠くから、砂の城に夢中になっている仲間たちに自分が来たことを知らせようとしていた。答える声が上がって、少年の名前なのか、名前の愛称形なのか、何度も少年に向かって発せられるその響きに、アッシェンバッハはある種の好奇心をもって耳を澄ました。「アッジォー」なのか、「アッジュー」の方が多かったようでもあるが、最後に叫ぶように伸ばされた「ウ」の音が付く二音節の旋律的な響き以上のものは、精確に聞き取ることができなかった。彼はその響きを喜んだ。その心地よい音はその対象にふさわしいと思い、心の中でその音を繰り返し、すっかり満足して手紙と書類に向かった。

旅行用の小さな紙ばさみ。彼は万年筆であれこれの通信を片付けにかかった。しかし十五分もするともう、自分が知るもっとも味わうに足るこのシチュエーションをこのように心の中で捨て、どうでもいい仕事でなおざりにするのは遺憾なことだと思った。彼は筆記用具を脇に置き、海の方に向き直った。それから間もなく、砂遊びの子供たちの声に引かれて、椅子の背もたれに気持よく預けていた頭を右に向け、比類ないアッジォーの立ち居振る舞いを探し求めた。

最初の一瞥で少年を見つけた。胸の赤い蝶結びのリボンで間違える余地がなかった。

他の子供たちと一緒に、砂の城の湿った堀に古い厚板を橋として掛けることに熱中し、声に出し頭を振り、いろいろと指示を与えていた。十人ほどの子供が一緒だった。男の子もいれば女の子もいる。だいたい同い年で、数人は少し幼い。ポーランド語、フランス語、それにバルカン半島の言語が入り乱れていた。しかし一番多く聞かれたのは彼の名前だった。明らかに皆の人気者で、一目置かれている。とくに少年と同じポーランド人のがっしりした若者が、一番親しい家来であり友人であるようだった。この若者はヤシューというような名前で呼ばれ、黒い髪をポマードでなでつけ、ベルトの付いたリンネルの服を着ていた。二人は砂の城の作業が終わってしまうと、絡みあって浜辺を歩き、ヤシューと呼ばれた方の若者が美しい少年に接吻した。

アッシェンバッハは指でこの若者を脅したい気持にかられた。「おまえに忠告しよう、クリトブロスよ」、彼はそう思って微笑した。「一年旅に出るがいい！　おまえが回復するには少なくともそのくらいの時間がかかるのだから」。それから朝食として大きな完熟したイチゴを食べた。売りに来た男から買ったものだった。太陽は空を覆うもやの層を突き破ることができなかったが、ひじょうに暑くなっていた。怠惰が精神を縛る一方で、五感は静かな海の巨大で麻酔的な慰安を楽しんでいた。「アッジォー」のように聞こえるのはどういう名前なのか、推測したり調べたりするのが、生真面目な男には、暇つぶしに最適のちょうど良い課題であり仕事であるように思われた。多少のポーランド語の知識を手がかりに、「タッジオ」に違いない、「タデウス」の縮小形で、呼びかけるときには「タッジュー」と聞こえる、そういうことを確認した。

　タッジオは水と遊んでいた。アッシェンバッハはその姿を見失ったが、ずっと先の海の中に少年の頭と、水を切るように振り上げられた腕を見つけた。しかし早くも少年の身が心配されているようだった。女たちの声が小屋から少年を探し、またしてもその名前を呼んだ。それは何かの合図のように浜辺を支配した。柔らかな子音と、最後に長く引かれたウーの音で、甘美であると同時に荒々しい印象を与えた。「タッジュー！　タッジュー！」少年は振り返り、走った。抵抗する水を両脚で打ってしぶきを上げ、頭をのけぞらせて潮の中を走った。その生き生きとした姿は、まだ男のものではなく優美で媚《こ》びを知らず、巻き毛から水が滴り、たおやかな神のように美しく、それが空と海の深みから現れ、水という根元の物質から走り出る。その姿を目にすると、いくつもの神話のイメージが生まれた。その光景はさながら、始原の時代についての詩人たちの説話を、形というものが生まれ神々が誕生する説話を眼前にするようだった。アッシェンバッハは目を閉じ、心に響き始めたその歌に耳を傾けた。そして再び、ここは良いところだ、ここに留まろうと思ったのである。

しばらくたってタッジオは、砂浜に横たわり、水遊びに疲れた体を休めていた。右肩の下に引き入れた白いバスタオルにくるまり、むき出しの腕に頭を乗せていた。アッシェンバッハはその姿を見ることなく本を数ページ読んだが、その少年がそこにいて、頭を少し右に回せば賛嘆に値するものを見られるという思いが、ほとんど脳裏を去ることがなかった。自分がここに座っているのは、休んでいる少年を守るためだという気持になりかけていた、――自分のことをしながら、それでも自分のそばにいるあの右手の少年の姿をずっと見守っているのだと。自分を犠牲にして精神の中に美を作り出す人間が、美を体現した者に父親のように好意を寄せ、心からの愛情を捧げる、そう思うと彼の心は満たされ、感動にふるえた。

昼が過ぎて彼は浜辺を去り、ホテルに戻った。エレベーターで部屋に上げてもらった。部屋の中では鏡の前でかなり長い時間を費やし、灰色の髪と疲れて尖った顔をしげしげと眺めた。このとき彼は自分の名声を思った。町を歩くとたくさんの人が自分に気づき、うやうやしく見つめる、それは自分の言葉が的確でしかも優美だからだと考えた、――そして才能の賜物とは言え、どういうわけか向こうから彼の身に降り注いだ数々の成功を思い起こし、そのうえ貴族に列せられたことまでも思い出した。それからランチをとりに食堂に下り、自分のテーブルで食事をした。昼食後エレベーターで上に上がろうとすると、これも小昼《こひる》をすませた若い一団が、彼に続いて宙づりの小さな箱の中にどっと押し寄せてきた。タッジオも入ってきた。少年は彼のすぐ近くに立っていた。これほどの近さは初めてで、アッシェンバッハは少年を、彫刻を見るような距離を置いてではなく、人間としての細部に至るまで、細かく見分けることができた。少年は誰かに話しかけられた。そしてえも言われぬほど愛らしい微笑を浮かべて答えながら、早くも二階で、後ろ向きに、目を伏せて下りていってしまった。美は人を内気にするものだとアッシェンバッハは思い、それはなぜだろうかとしつこく考えてみた。しかし彼はその前に、タッジオの歯があまり好ましい状態でないことも見て取っていた。少しギザギザしていてつやがない、健康なほうろう質が欠けているし、透き通っていて妙にもろそうだ、ときどき萎《い》黄病《おうびょう》の人にこんな歯がある。「あの子はとてもひ弱で、病弱なのだ」と思った。「おそらく年をとるまで生きることはないだろう」。そう考えるとなぜか満足し、ほっとしたが、その気持に細かく説明を付けることは断念した。

部屋で二時間過ごし、午後は連絡船で腐った臭いのするラグーナを越え、ヴェネツィアの町に出かけた。サン・マルコの近くで船を下り、広場でお茶を飲んだ。それからこの地での昼の予定に従って散歩を始め、幾筋もの街路を抜けていこうとした。しかしこの散歩が、彼の気分と決心を完全にひっくり返すことになった。

通りは蒸し暑く不快だった。空気は重く、住まいや商店や屋台から流れ出た臭い、油煙、しつこい香水の香り、その他さまざまな臭いが、散っていくことなく、もやのように立ちこめていた。煙草の煙は吐き出された場所を漂うだけで、なかなか消えていかない。散歩をしても、狭い場所で押し合いへし合いする雑踏に煩わされ、楽しむどころではなかった。歩けば歩くほど、その場の厭わしい状態はいよいよ彼を苦しめ圧倒した。海の空気がシロッコと一緒になってこんな状態を生み出すのかも知れない。しかもそれは人を興奮させ、同時に萎えさせる。苦しいほどの汗が吹き出した。目が利かなくなり、胸が締め付けられるようだった。熱が出て、頭の中で血が脈打った。彼は混雑する商店街を逃れ、橋を渡って貧しい人たちの住む街路に入った。そこでは乞食につきまとわれ、運河から立ちのぼる邪悪な蒸気に呼吸を妨げられた。ヴェネツィアの町の懐には、魔法をかけられ忘れ去られたような気分を誘う場所があるのだが、そのような場所の一つである静かな広場に行き着き、彼は井戸の縁で体を休めて汗を拭った。そして出発しなければならないと悟った。

彼にとってこの町がこういう天気の時に最悪であるということが、これで二度証明されたのである。しかも今度は決定的だった。頑固に頑張るのは馬鹿げたことに思われたし、風向きが変わるという確実な見通しもなかった。速やかな決断が必要だった。いまから家に帰るのは問題外である。夏の住まいも冬の住まいも彼を迎える準備はできていない。しかし海と浜辺はここだけではない。他にもそういう場所はあったし、しかもラグーナとその熱気という邪悪なおまけ無しである。彼はトリエステからそう遠くない、評判のいい小さな海水浴場を思い出した。そこに行かない手があるだろうか。それも、もう一度滞在地を変えて損をしないためには、ぐずぐずしてはいられない。彼は意を決して立ち上がった。一番近いゴンドラの発着場で一艘雇い、運河の暗い迷路を抜け、獅子の紋章に側面をガードされた可憐な大理石のバルコニーの下をくぐり、ぬるぬるした石壁の角を曲がり、ごみの漂う水面に商会の大きな看板を映している悲しげな宮殿の正面を過ぎ、サン・マルコの方に行ってもらった。そこにたどり着くのが大変だった。というのはゴンドラの船頭がレース業者やガラス工房と結託していて、あちこちで見せよう買わせようと、彼を船から下ろしたがったからである。そして、たとえこの奇妙なヴェネツィア巡りがその魔力を発揮し始めていたとしても、零落した女王の詐欺同然の商売根性はその効果をいかんなく発揮して、客の心に冷水を浴びせかけ、再びうんざりさせたのである。

ホテルに帰ると、まだ夕食前に、予想外の事情が生じて明日の朝出発することになったと受付に告げた。それは残念ですと言われ、勘定をすませた。夕食をとり、後ろのテラスで揺り椅子に座って雑誌を読みながら生暖かい夜を過ごした。就寝前に荷物をまとめ、すっかり出発の準備を整えた。

間もなくまた出発することになって心が落ち着かず、よく眠れなかった。朝、窓を開けるとあい変わらず空は曇っていたが、空気は少し新鮮に感じられた、そして——早くも後悔が始まった。解約の通告は性急な間違いではなかったか、まともな判断のできない体調不良の状態でおこした行動ではないだろうか。いま少し控えていたら、あんなにすぐに弱気にならず、ヴェネツィアの空気に慣れるのを試すか、天気の回復を待ってみたら、今頃は、こんなに慌ただしく大変な思いをするかわりに、きのうと同じように浜辺で過ごす午前の時間が待っていたのに。もう、遅い。出発しなければならない、きのうの意思をきょうの意思にするしかない。彼は服を着て、八時に朝食のため一階に下りた。

ビュッフェに入ると、まだ客の姿はなかった。席について注文の品を待っていると、ぱらぱらと客が現れた。ティーカップに口をつけて、ポーランド人の娘たちが付き添いの婦人と入ってくるところを見た。きりりとすがすがしく、少し赤らんだ目をして、少女たちは窓に近い隅のテーブルに歩いていった。それからすぐ守衛が帽子を脱いで彼に近づき、出発の時間だと告げた。もう車が来ている、お客様はじめ他の皆さんをエクセルシオール・ホテルにお連れして、そこからはモーターボートが御一行をホテルの専用運河で駅までお届けする。時間が迫っていますので。——アッシェンバッハは時間は迫っていないと思った。彼の乗る列車が出るまで一時間以上あった。彼は、出発する客を早めに追い出そうとする安ホテル式のやりかたに腹が立ち、自分は落ち着いて朝食をとりたいのだと、守衛にわからせた。男はためらいがちに引き下がったが、五分後にまた現れた。車はこれ以上待てません。それなら行けばいい、自分の荷物は積んでいけ、アッシェンバッハはむかっとして答えた。自分は時間が来たら、乗り合いの小型汽船を使うから、自分の出発の心配はこの自分自身に任せておいてもらいたい。従業員はお辞儀をした。アッシェンバッハは面倒な催促を撃退して嬉しくなり、ゆっくりと食事を片づけた。それどころかボーイに新聞を持ってこさせさえした。やっと立ち上がったとき、時間は本当にぎりぎりになっていた。たまたまその瞬間、タッジオがガラスのドアから入ってきた。

少年は家族のテーブルに着こうとして、出発する人の前を横切った。灰色の髪の、ひたいの高い男の前で慎ましく目を伏せ、それからすぐにまた愛らしい少年のやり方で柔和にまじまじと男の方に目を上げ、そして通り過ぎた。アデュー、タッジオ！　アッシェンバッハは思った、短い出会いだったね。そしていつもの習慣に反して思ったことを実際に音にしてつぶやき、こう付け加えた。「良い人生を！」――そして出発した。チップを渡し、フランス風のフロックコートを着た小柄で物音をたてない支配人に見送られ、来たときと同じように歩いてホテルを後にした。手荷物を運ぶボーイを従え、白い花の咲く並木道を抜けて島を横切り、汽船の桟橋に向かった。そこに着くと、席を取った、――その後に来たものは、後悔の深い淵を幾重にも巡る、嘆きに満ちた苦しみの旅だった。

　ラグーナを越え、サン・マルコを過ぎて、大運河を上る船旅はすでに馴染みのものである。アッシェンバッハは船首に丸く置かれたベンチに座り、手すりに腕を乗せ、片手を両目にかざした。公園がいくつか背後に退き、ピアツェッタがもう一度堂々たる優美な姿を見せて消え、宮殿が次々と後ろに流れ、水路を曲がると、リアルト橋の壮麗に張り渡された大理石のカーブが現れた。旅の男はそれを見て胸が裂けた。町の空気、海と湿地のこの微かに腐ったような臭い、そこから逃れたいとあれほど焦ったのに、——いまそれを、懐かしい痛みを感じながら、深く何度も呼吸していた。こうしたすべてにどんなに愛着の気持をもっていたか、それを自分で知らなかったとか、考えもしなかったとか、そんなことがあり得るだろうか。けさは残念半分、自分の行動の正しさが少し疑問だったのだが、それが今では深い心痛になり、本物の嘆きになり、魂の苦しみになった。それはあまりに苦しく、何度も目に涙が浮かんだ。そしてこの苦しみを予見するのは不可能だったと自分に言い聞かせた。彼がほとんど耐え難い、いや何度かはまったく我慢がならないと思ったのは、明らかに、もうヴェネツィアに再会することはないはずだ、これが永遠の別れになる、という考えだった。なぜなら、この町が自分を病気にするということが二度目にはっきりしたとき、あたふたとこの町から逃げ出すことを二度目に余儀なくされたとき、彼はその町をこの先ずっと、自分には不可能な禁じられた場所と見なさなければならなくなったからである。そこに見合わなかったのだから、そこを再訪するのは無意味であろう。そうなのだ、いま出発すれば、恥と反抗心が必ず自分を妨げて、大好きなこの町を二度と見させてくれないと彼は思った。なにしろこの場所のせいで二度も体がえんこしてしまったのだから。そして心が求めても体が反応できないというこのジレンマが、老いていく男にはとつぜん厳しく重大なことに感じられ、体の敗北が実に情けなく、どんな犠牲を払ってでも食い止めるべきことに思われたので、きのう本気で抵抗することなく、軽率にも白旗を掲げ、敗北を受け入れ認める決心をしてしまったことが、我ながら理解できなかった。

そう考える間にも小さな汽船は駅に近づき、苦痛と困惑がつのって心は混乱した。それだけ苦しむと、出発は不可能、引き返すこともそれに劣らず不可能に思えた。こうして完全に心を引き裂かれたまま駅に入った。すっかり遅れていて、列車に乗ろうと思えば、もう一瞬も失っていい時間はない。乗ろうと思い、乗るまいと思う。しかし時間はどんどん迫って、彼を前へとむち打つ。乗車券を買いに急ぐ。そしてホールの雑踏の中を見回し、ここに配置されているホテル会社の職員を捜す。その人が現れ、大きなトランクは託送したと告げる。もう送ったのか？　はい、ぬかりはありません、——コモへ送りました。コモへ？　慌ただしいやりとりがあり、怒りを含んだ問いかけとうろたえた返答から、トランクはすでにエクセルシオール・ホテルの配送部門によって、他の無関係な荷物と一緒にとんでもない方向に送り出されたことが判明する。

アッシェンバッハは、こういう場面で唯一理解可能な表情を守ることに苦労した。アバンチュールめいた喜び、信じられないほどの晴れやかな気分が、体の中からほとんど痙攣的に胸を揺すった。従業員は、ひょっとしたらトランクを止められないかと飛び出していき、期待通り、何もできずに戻ってきた。そこでアッシェンバッハは、荷物なしに旅をする気はない、引き返して、ホテルで荷物との再会を待つことに決めた、と宣言した。ホテル会社のモーターボートは駅に着けてあるのだろうか。その男は、すぐそこにあると請け合った。男はイタリア式の長広舌を振るって窓口の係員を説き伏せ、買った切符を払い戻させた。そして、電報を打ちます、トランクを速やかに取り戻すために、どんな手間も出費も惜しみませんと誓った。——こうして駅に着いてから二十分後、旅の男はリドに帰るために再び大運河を進んでいるという奇妙なことになったのである。

摩訶不思議でありそうもない、みっともなくて滑稽な、夢でも見ているようなおかしな体験。ついさっき嘆き悲しんで永遠に別れてきた場所に、運命の力に押し戻されて、別れたその時も時、また再会するとは。船首にしぶきを受け、たくさんのゴンドラや汽船の間をおかしなくらい巧みに切り抜けながら、小さな高速の船は目的地に向けて突進した。その間、一人しかいない旅客は、諦めたような仏頂面を作って、逃げ出した子供のような不安でうわずった興奮を隠していた。いまでもまだときどき彼の胸は、手違いの災難を思い出して笑いに震えた。それは、彼が内心認めたように、どんな幸運児でも、あれ以上都合良くは出くわせないものだっただろう。説明もしなければならないし、びっくりした顔も我慢しなければならない、——でもそれが済めば、と彼は自分に言い聞かせた、何もかもまた順調にいく、悪いことにならずに済んで、ひどい間違いが正されるのだ。そして後ろに捨てたと思ったものがすべてまた目の前に現れ、今度はもう好きなだけ自分のものになる……さてこれは船のスピードが彼を欺いたのか、それとも要らぬお世話に、それでもやはり本当に海から風が吹いたのか。

島の中をエクセルシオール・ホテルまで狭い運河が切ってあったが、そのコンクリートの岸壁を波が洗っていた。乗り合いバスが引き返してきた男を待ち受けていて、さざ波の立つ海を下に見ながら、まっすぐ彼を海水浴客のホテルに連れて行った。反りをつけた燕尾のフロックコートの、小柄な口ひげの支配人が、外階段を下りて挨拶に来た。

小声でお世辞を並べながら、偶然の出来事を気の毒がり、自分にとってもホテルにとってもきわめて遺憾なことだと言った。しかし荷物をここで待つというアッシェンバッハの決心には確信をこめて賛成した。もちろんさっきまでのお部屋は使えないが、決して引けを取らない別な部屋がご用意できます。「ご不運でした、ムッシュー」、部屋に上がるときに、スイス人のエレベーター係がにっこり笑って言った。こうして逃亡した男はふたたび投宿したのである。前の部屋と、配置も設備もほぼ完全に同じ部屋だった。

この奇妙な午前中の混乱のために疲れはて、ぼうっとなって、彼は手荷物の中身を部屋に収めると、開かれた窓辺の安楽椅子に体を預けた。海は褪《あ》せた緑の色を帯びていた。空はあい変わらず灰色だったが、空気は前よりも軽くなり、澄んできたように感じられた。小屋とボートの並ぶ浜辺には色彩が増していた。アッシェンバッハは外を眺めた。両手を膝に組み、再びここにいることに満足し、自分が優柔不断で、自身の望みさえわかっていなかったことに不満を覚え、頭を振った。そうして一時間ほど、ゆっくりと何も考えずぼんやり座っていた。昼ごろタッジオを見た。赤い蝶結びのリボンの付いたストライプのリンネルの服を着て、浜辺の仕切りを抜け、板を敷き並べた道を海からホテルへ引き上げてくるところだった。アッシェンバッハはその高い位置から、少年の姿をきちんと目に捉える前に、あれはタッジオだと認めた。そして何ごとか考えようとした。たとえば、やあ、タッジオ、また会えたね！　というような。しかしその瞬間、この適当な挨拶が心の真実の前にくずおれ、言葉を失うのを感じた、――血が騒ぎ、魂が喜び苦しむのを感じ、タッジオのせいで別れがあんなに辛かったのだと悟った。

彼はひっそりと、誰からも見られることなくその高い場所に座り、自分の心の中をのぞき込んだ。表情が目覚め、眉が高く張り、注意深げで、好奇心と才知に富んだ微笑が口元を引き締めていた。それから頭を上げ、椅子の肘掛け越しにだらりと下げていた両腕を、ゆっくりとひねって上に動かし、腕を開いて広げるとこれだけあるのだというように、手のひらを前へ突き出した。それは、心に歓迎の準備が整い、悠然として受け入れる身振りだった。

第四章

さて今や来る日も来る日も、裸身の神は頬ほてらせて、天空に炎吹く四頭立ての馬車を駆り、その金色の巻き毛は、馬車の動きにつれ吹き荒れる東風にたなびいた。ゆったりと波うつ大海は、見渡す限り白絹のように輝いた。砂浜は焼け、銀色に煌めく青い大気の下、赤錆色の帆布が浜辺の小屋に張り渡され、その影はくっきりと日射しを切って黒く、午前の時を過ごすに良かった。しかしまた夕べの時も心地よく、公園の植物はバルサムに香り、輪舞する天空の星は移ろい、海は闇に沈んで、ざわめきが微かに立ち上がり、耳を捉え魂を鎮めた。このような夕べが嬉しげに告げる新しい夏の日は、緩やかな予定の他にこれという束縛もない閑暇に満ち、好ましい偶然がどれほどもそこにあるだろうかと期待させた。

好都合の災難でここに足止めされた客は、荷物を取り戻したことをあらためて出発の理由にしようとはまるで思わなかった。二日間は多少の不如意を忍び、大食堂での食事に旅行服で出なければならなかった。その後、迷子の荷物がやっと部屋に戻されると、彼はそれを全部開いて、棚も引き出しも自分の物でいっぱいにした。さしあたりどれだけ滞在するかわからないと腹を決め、浜辺の時間はシルクの服を着て過ごし、ディナーにはまたシックな夜の正装で出られることに満足を覚えた。

ここでの生活の心地よい単調なリズムがはやくも彼を呪縛《じゅばく》していた。その暮らし方の柔らかい穏和な輝きが急速に彼を魅了した。実際それはなんという滞在だったろう。この場所は、南の浜辺での行き届いた保養の魅力を、すぐ近くに親しみやすく控えている不思議で奇妙な町に結びつけているのだから。アッシェンバッハはもともと享楽を好まなかった。いつであれ、どこであれ、お祭りをして、休息し、楽しい日々を過ごすとなると、たちまち彼は――とくに若いころはこの傾向が著しかったのだが――不安と嫌悪がつのって、日々の高度な困難に、神聖で冷静な仕事に戻りたいと熱望した。ただこの場所だけが彼を魅了した。意思の緊張を解き、彼を幸せにした。ときどき午前中、浜辺の小屋のブラインドの下で、青い南の海の彼方に夢想をはせながら、あるいはなま暖かい夜もそうだが、サン・マルコ広場でゆっくり過ごして、大きな星の煌めく天空の下、リドへと帰るゴンドラのクッションに身を沈め――すると色とりどりの光、心とろかすセレナーデの響きが背後に消えていった――、彼は山の中の別荘を思い出した。そこは夏の格闘の舞台で、雲が低く庭を流れ、恐ろしい夕立が家の灯りを消し、家の主に餌をもらったカラスがトウヒの梢を舞っていた。それを思い出すと彼は、いま自分がエリュシオンに、至福の園にさらわれてきているような気がした。そこはこの世の境界に接し、この上なく安楽な生活が与えられ、雪もなく、冬もなく、嵐も激しい雨もなく、いつもオケアノスが穏やかに熱気を鎮める息吹を立ちのぼらせ、労苦も争いも知らず、日々はただ太陽とその祝祭に捧げられ、至福の閑暇のうちに流れてゆく。

アッシェンバッハは何度も、ほとんど常に少年タッジオの姿を見た。場所が限られていて、それぞれに一日の過ごし方があったので、必然的に少年は昼の間ずっと、わずかな中断をおいて、彼の近くにいた。いたる所で少年を見かけ、少年に出会った。ホテルの一階の部屋で、町へ向かって水路を行く涼しい船の上で、またその帰りの船の中で、壮麗な広場で、そして偶然が許せばその途中の路上や小さな橋の上で。しかし、美しい姿に思いを凝らし研究を捧げる長時間のチャンスを、一番多く、しかも有り難いことに必ず決まって許してくれたのは、浜辺で過ごす午前の時間だった。まことに、幸運がこのように固定されているということ、翌日になればまた同じように状況に恵まれるということ、まさにこのことが彼の心を満足と生きる喜びで満たしたのである。これこそが滞在を貴重なことに思わせ、一つの日曜日を都合良く長引かせて次の日曜日に繋げてくれたのである。

アッシェンバッハは、ふだん仕事の衝動が脈打つ時と同じように、朝早く起きた。ほとんど誰よりも早く浜辺に行くと、太陽はまだ穏やかで、海は白く眩しく朝の夢路をたどっていた。愛想良く仕切りの番人に挨拶した。また白いひげの裸足の男と親しい挨拶を交わした。この男が彼の場所を用意し、ブラインドを張り、小屋の机や椅子を平台の上に引き出してくれるのである。彼はそこに腰を据えた。それから三、四時間、自分の時間を過ごした。その間に太陽は高く昇って恐ろしい力を獲得した。海はますます深く青みを増した。その時間に彼はタッジオを見ることを許されたのである。少年は左手から波打ち際をやって来た。小屋の間を通って後ろから現れることがあった。あるいはまた、やって来るのを見逃して、気がつけばそこにいるということがあった。彼としては嬉しい驚きだった。少年は、いまや浜辺でのお決まりの服装となった青と白の海水着を着て、早くも太陽と砂の中でいつもの遊びにとりかかっていた、——この可愛らしく何ということもない、めまぐるしく気の変わる生活、遊びと安らぎの生活、砂浜をぶらつき、水を渡り、穴を掘り、生き物を捕まえ、砂に寝そべり、泳ぎを楽しむ。小屋の前の平台では女たちがその姿を見守り、高い声で呼びかけて、少年の名前をあたりに響かせる。「タッジュー、タッジュー！」少年はせわしない身振りで応えると、女たちの所に走ってきて、いましていたことを話し、見つけて捕まえたものを見せた。貝、タツノオトシゴ、クラゲ、横歩きする蟹。アッシェンバッハには少年の言っていることは一言もわからなかった。ごくありふれたことであっただろう。それは彼の耳に、輪郭の溶けた快音だった。そして聞き慣れないことが少年の言葉を音楽に高めた。今が盛りの太陽は少年の上に惜しげもなく輝きを注ぎ、海の崇高な深さがつねに背景となってその姿を引き立てた。

見つめる男が、人目を気にせずのびのびとはしゃぎ回るこの体のあらゆる線とポーズを知るのに、ほとんど時間はかからなかった。早くも見慣れたその体の美という美に、日々新たに喜びの祝福を贈り、その賛美と細やかな感覚の楽しみは終わることを知らなかった。少年は、浜辺の小屋に婦人たちを訪ねた客に挨拶するよう呼ばれた。少年は走ってやってきた、おそらく水から上がったばかりの濡れた体で。巻き毛が揺れた。そして片手を差し出すときに、片脚に体重をかけ、もう一方の足は軽くつま先に乗せて、魅力的な体のひねりを見せた。その姿には優美な緊張と、愛らしさからくる恥じらいと、貴族的な義務感からくる相手の好意への期待があった。また、少年はバスタオルを胸に巻き、華奢な彫刻のような腕を砂に突き、てのひらを顎にあて、体を伸ばして砂に寝ていた。ヤシューと呼ばれる若者が、少年のそばにしゃがみ込み、あれこれ機嫌を取っていた。秀でた者が自分に心服する目下の者を下から見る、その目と唇の微笑ほど魅力的なものは他になかった。また、少年は一人、家族から離れ、アッシェンバッハのすぐ近くに、背筋を伸ばし、両手をうなじに絡め、足裏に体重を乗せてゆっくり体を揺すりながら、波打ち際に立っていた。海の青さをぼんやりと見つめるその足下に、波が幾重にも打ち寄せ、つま先を濡らした。蜂蜜色の髪はカールしてこめかみに垂れ、うなじを覆い、首に近い背骨のあたりで産毛が陽光に輝いた。胴体をぴったり覆う水着を通して、肋骨の華奢な線と均斉の取れた胸の輪郭が見え、腋の下は彫刻のようにまだ滑らかだった。ひかがみはつやつやとして、そこを走る青い血管が、少年の体を何か透き通った素材からできているように見せていた。この伸びやかな、若々しく完璧な体には、どれほどの思考の鍛錬が、どれほどの思考の精確さが表現されていたことだろうか！　しかし、目に見えぬ所で活動し、これだけの神々しい彫像を光のもとに出現させることのできた、厳格で純粋な意志、――それは、芸術家である彼には既知の、なじみ深いものではなかっただろうか。それは、彼が冷静な情熱をもって言葉という大理石の塊から、精神の中で見たすらりとした姿を解き放ったとき、そのつど彼自身の中でも働いていたのではなかっただろうか。彼はそうして獲得した姿を、精神的な美の立像として、映し絵として、人々に示したのである。

立像と映し絵！　彼の目は、向こうの青い海の縁に立つ気高い姿を、その視線の中に収めた。そして崇拝する喜びに夢中になって、この視線で美そのものを捉えたと、神の考えたものとしての形式を、唯一無比の純粋な完全さを捉えたと確信した。神の中で生きているものが、人間の姿をとり、比喩となって、ここに軽やかに優美に、礼《らい》讃《さん》の対象として据えられたのだ。それは陶酔だった。老齢を迎える芸術家は、何の疑いも抱かず、むしろがつがつとそれを歓迎した。彼の精神は陣痛に苦しみ、彼の造形力は沸騰し、彼の記憶は、青年期にすでに受け取り、この時まで自分の炎では一度も煽ったことのない極めて古い思想を掘り起こした。そこには、太陽がわれわれの注意力を、知的な問題から感覚的な対象に転じさせる、と書かれていたのではなかったろうか。つまりこうだ、太陽は知性と記憶を大いに麻痺させ、呪縛する、その結果、魂は深く満たされて自分の本来の状態を忘れ果て、陽光の恵みを受けたものの中でも最も美しいものに驚愕し、それを賛美し続ける。それどころか、肉体の助けを借りなければ、より高い考察に進むこともできなくなるというのだ。じっさいアモルは、数学者と同じことをした。数学者というのは、純粋な形をまだ理解できない子供らに、その形の目で見て取れる図形を示してやるものだ。この神も、精神的なものを私たちの目に見せるために、好んで若い人間の姿と色を利用した。それを想起の道具とするために、あらゆる美の反映で飾り、私たちがそれを見て苦痛と希望に燃え上がるようにしたのだ。

男は夢中になってそう考えた。そう感じることができた。そしてその彼の眼前に、海の陶酔と太陽の輝きから一つの魅力あるイメージが紡ぎ出された。それはアテネの城壁からほど遠からぬ一本のプラタナスの木だった、――セイヨウニンジンボクの花の香りに包まれたあの神聖な木陰だった。奉納の絵や敬虔な供物がニンフたちやアケロオスのために供えられていた。枝を広げた木の根本で、澄みきった川がなめらかな小石の上に落ちていた。コオロギが鳴いた。しかし草の上には二人の男が寝そべっていた。草地はゆるい斜面で、体を横たえたまま頭を高くしておくことができたし、その場所なら昼の炎暑を避けることができた。初老の男と若者、醜男と美男、愛すべき者のかたわらに賢者。いくつものお愛想と機知豊かに心を引く冗談にまぶして、ソクラテスがパイドロスに憧れと徳について教えていた。ソクラテスは、感じとる力を持つ者の目が永遠の美の比喩を見たとき襲われる熱い驚愕について語った。美を思うことのできない、汚れた劣悪な者が、美の写し絵を見て、畏怖する心もなくいだく欲望について語った。高貴な者が、神さながらの顔や完全な体の現れに出会って襲われる神聖な不安について語った、——その人はそんなとき思わず身震いし、我を忘れ、ほとんどそちらを見る勇気もなく、美を体現する相手を敬うのだ。そうとも、他の人に馬鹿だと思われるのを恐れる必要がなければ、彫像に対するようにその人に供物を捧げるだろう。なぜなら美というのは、パイドロスよ、ただ美だけが、愛に値すると同時に目に見えるものなのだ。ここをよく注意してくれよ、美は、精神的なものの一つの形式だが、ただ一つ美だけが、私たちが感覚で受け取り、感覚で耐えることのできるものなのだ。それともどうだろう、美以外の神のものが、つまり理性や徳や真理が、私たち人間の感覚に現れようとしたら、私たちはどうなってしまうだろうか。かつてセメレがゼウスに焦がれたように、私たちは恋い焦がれて焼け死んでしまうのではないだろうか、——だから美は、感じ取る力を持つ者が精神に至る道なのだ、——ただ道であるにすぎない、ただ一つの手段であるにすぎない、かわいいパイドロスよ……

それから彼はもっとも微妙なことを語った、この抜け目のないご機嫌取りは。つまりこうである、愛する者は愛される者より神に近い、なぜなら愛する者の中には神がいて、愛される者の中にはいないからである、——かつて考えられたもっとも情愛こまやかで、もっとも嘲笑的な考えである、たぶん。そしてそれは、憧れのあらゆる狡猾さともっとも密かな快感の温床である。

余すところなく感情となることのできる思想、余すところなく思想となることのできる感情、それは作家の幸せである。そのとき孤独な男は、そのような脈打つ思想、そのような精確な感情を手中に収め、意のままに操っていた。つまり、精神が美を信奉して美の前に頭を垂れるとき、自然は喜びに震えるということなのである。彼はとつぜん書きたいと思った。なるほどエロスは閑暇に遊ぶことを好み、ただそのためにのみ生まれ落ちたと言われる。しかし危機のこの時点において、危機に見舞われた男の興奮は、制作の方向に向けられた。きっかけはほとんどどうでもよかった。文化と美的センスの、ある大きな緊急の問題について、忌憚《きたん》のない意見を伺いたいという質問ないし提案が、精神の領域で働く人々のもとに送られ、それは旅に出たこの男のもとにも届けられていた。テーマは彼のよく知っているもので、彼の体験そのものだった。それを自分の言葉で輝かせてみたいという気持が、とつぜん抵抗しがたいものになった。しかも彼の欲望は、タッジオのいる所で書きたい、少年の体を書く手本にしたい、神のものと思えるその体の線に従って文体を作りたい、かつて鷲がトロイアの牧童を攫《さら》って空を飛んだように、少年の美を精神的なものに移し替えたい、そういうところまで膨らんだのである。彼はこれまで、この時のきわどくも貴重な数時間以上に、言葉の甘い喜びを感じたことはなかったし、また言葉にエロスが潜むことを実感したこともなかった。その数時間、彼はブラインドの下の粗末なテーブルに向かい、偶像を目におさめ、その声の音楽を耳に聞きながら、タッジオの美に従って小さな評論を、――あの一ページ半の選り抜きの散文を書いたのである。その純粋さ、高貴さ、みなぎる感情の震えは、たちまちのうちに多くの読者の賛嘆を呼び起こさずにはおかぬものだった。世間が美しい作品だけを知っていて、その起源や成立の条件を知らないのは、確かに良いことである。なぜなら、どこからその霊感が湧いたか、その源を知ったら、それはしばしば人々を当惑させ、たじろがせ、優れた作品の効果を台無しにしてしまうだろうから。不思議な時間だった！　妙に神経を消耗させる努力！　精神と肉体の奇妙な生産力に満ちた交わり！　アッシェンバッハが仕事を片付けて浜辺を離れたとき、彼は自分が疲労困憊し、ガタガタになっているのを感じた。そして放蕩の後のように、良心が悲鳴を上げているような気がした。

翌朝のことだった。彼はホテルを出ようとして、外階段の所から、タッジオがもう海に行く途中で——しかも一人——、ちょうど浜辺の仕切りに近づいていくのを認めた。このチャンスを利用して、向こうは知らなくても、こちらの胸にたくさんの高揚と動揺をもたらしたあの子と、ちょっと楽しい知り合いになってやろう、話しかけて、返事や視線を受けてみたい、そういう他愛もない考えが浮かんで抑えがたくなった。美しい少年はぶらぶらと歩いていた。あれなら追いつける。アッシェンバッハは歩調を速めた。小屋の後ろの板を敷き並べた坂道の上で追いつく。手を頭か肩に乗せてやろう。ちょっとした言葉が、親しげなフランス語のフレーズが唇に浮かぶ。すると心臓が、やはり急いだせいだろう、ハンマーのように打つのを感じる。息が切れて、締め付けられたように、震える声でしか話せない。彼はためらい、自分を取り戻そうとする。とつぜん、もうずっと美しい少年のすぐ後ろを歩いていたことに、はっとする。少年が気づき、振り向いて何か聞くのではないかと怯える。気持が萎え、諦めて歩度を速め、頭を垂れて通り過ぎる。

しくじった！　その瞬間彼は思った。もう遅い！　しかし本当にもう遅いのだろうか。踏み出し損なったこの一歩は、もし踏み出していたら、ひょっとして良い方向に、気楽な方向に、心を冷まし癒してくれる方向に導いてくれたかも知れない。しかし、老いていく男はそんな冷却など望まなかった。陶酔があまりにも貴重だったということこそ肝心なのである。芸術家であることの本質と特徴を、誰が解き明かせるだろうか。鍛錬と放恣《ほうし》が本能的に深く溶け合っていて、その中にこそ芸術家の本分があるというのに、誰がそれを理解するだろうか。というのも、感情の冷却による癒し効果などいらないという、正にそれが放恣なのだ。アッシェンバッハはそれ以上自己批判をする気にならなかった。美的センス、今の年齢の精神状態、矜持、成熟、そして晩年の単純さ、そういうものが一つに働いて、行動の理由を分析するのを妨げたのだし、思って実行しなかったのは良心のせいか、それとも弱くてだらしないせいかなどと、そんなことを判断する気にさせなかったのである。彼はどぎまぎしていた。浜辺の監視人でなくても、誰かが自分の行動を、失敗を見ていたかも知れないと心配になった。笑い物にされることを恐れた。それ以外は、ひとり自分の滑稽で神聖な不安をからかって楽しんだ。「顔色《がんしょく》無しだな」と、彼は思った。「何といううろたえぶりだ、喧嘩の最中に恐がって翼を垂らした雄鶏みたいだ。あれは本当に神様だ、愛すべき者を一目見るや、こちらの勇気は砕かれて、誇り高い心も一敗地にまみれるのだから……」。彼は楽しく夢想にふけり、心があまりにも高ぶっていたので、一つの感情を恐れることなどなかった。

彼はもう、自分に許した休暇期間が終わることなど気にしなかった。帰ろうという考えは、心をかすめさえしなかった。金はたっぷり送らせてあった。心配はただ一つ、ポーランド人の一家が出発してしまうかも知れないということだけだった。しかし彼はこっそりと、ホテルの理髪師にことのついでのように尋ねて、あの一行が自分の到着するほんの少し前に投宿したのだということを聞いていた。太陽は彼の顔と手を焼いた。塩辛い風は感情を引き立てて、ますます強くした。ふだんなら、眠りや食事や自然が与えてくれる英気はそのまま仕事に使い切る習慣だったが、いまでは、太陽と閑暇と海風が日々の養いとして授けてくれるすべてのものを、気前よく陶酔と五感の活動に使い尽くして惜しむことがなかった。

眠りは短かった。単調に続くすばらしい日々は、幸せで落ち着かない短い夜によって区切られていた。なるほど彼は早めに引き上げた。それは、タッジオが舞台から姿を消す九時には、一日が終わったように思えたからだが、空がわずかに白むころにはもう、優しく体を貫く驚きが彼を目覚めさせ、彼の心は自分がいまアバンチュールのさなかであることを思い出した。するともうクッションに体を預けていられなかった。起きあがり、早朝の冷気に薄物をまとって開いた窓辺に座り、日の出を待った。みごとな変化が起こって、眠りに浄められた彼の魂を敬虔の思いで満たした。空と地と海はまだ、薄気味悪いガラスのような暗い青さに包まれていた。消えてゆく星が一つ、底知れない天空にまだ浮かんでいた。しかし一陣の風が起こった。それは、曙の女神エーオースが夫の傍らから身を起こしたという、近づくこともできない遠い宮居《みやい》から の翼ある知らせだった。そして遥か彼方で空と海の接する線が、最初の甘い朱色に染まった。それは創造が目に見えてくることを知らせる合図である。女神が近づいて来た。若者を誘拐する女神、クレイトスとケパロスを奪い、美しいオリオンの愛を楽しんで、オリンポスのすべての神々を嫉妬させた女神。彼方の世界の周縁で女神はバラの花をまき散らし始めた。えも言われぬ優しい光が花開き、幼い雲が隈なく照らされて輝き、付き従うキューピッドのように、バラ色の青みを帯びたかすみの中を漂っていた。深紅の色が海に降り注ぎ、海は波立ちながら、その色を前へ前へと押し流すようだった。黄金の槍が幾筋も、下から天の高みへと走った。その輝きは音もなく燃え広がり、神々しい圧倒的な力で、燃え上がり燃えさかる灼熱の炎が上へ上へと昇っていった。するとついにすばやい蹄の動きとともに、女神の兄弟の駆る駿馬《しゅんめ》が、地球のかなたへと駆け上ったのである。その神の輝きに直撃されて、孤独な見張りは座っていた。目を閉じて、その光輝の接吻をまぶたに受けた。かつて持った様々な感情、若かった時の貴重な心の苦しみ、人生の厳格な活動の中で死に絶えたそういうものが、いま奇妙に姿を変えて戻ってきた、——彼は当惑し、怪訝な微笑を浮かべてそれらを認めた。考え込み、夢想にふけった。唇がゆっくりと一つの名前を呼ぶように動いた。

そしてあい変わらず顔を上に向けたまま、膝に両手を組み、安楽椅子の中でもう一度眠りに落ちた。

しかし、炎の祝祭のように始まったその日は、そのあと不思議な高揚を見せ、神話的な変化を遂げた。とつぜん柔らかく意味ありげに、より高い世界からの囁きにも似て、こめかみと耳の周りで戯れたあの息吹は、いったいどこから、何から出て来たのだろうか。白い羽のような雲がいくつもの群れを作り、草をはむ神々の家畜のように空に広がっていた。さらに強い風が起こり、ポセイドンの馬たちが、突っ立つほどの勢いで飛び跳ねながら走ってきた。するとまた牛たちも、これもまた青みがかった巻き毛の神の持ち物で、唸り声を上げ、角を低く構えて駆け寄ってきた。しかしずっと向こうの石ころだらけの浜辺では、飛び跳ねる山羊のように波が高く跳ね上がっていた。神聖に歪められた世界が牧神のパンの生活を窺わせながら、魅了された男を包み込んだ。そして彼の心はいくつもの優しい物語を夢に見た。何度か、ヴェネツィアの町の背後に太陽が沈むころ、彼は公園のベンチに腰掛けて、タッジオを見ていた。少年は白い服に色鮮やかなベルトをつけ、砂利を敷きつめた広場でボール遊びに興じていた。彼は自分がヒュアキントスを見ていると思った。この子は死なねばならない、なぜなら二人の神がこの子を愛しているのだから。そう、彼は恋敵に対するゼピュロスの苦しい嫉妬を感じた。その恋敵は神託の言葉も弓のわざもキタラを奏でることも忘れて、美しい少年と遊び呆けたのだ。彼は、円盤が残酷な嫉妬によって方向をそらされ、愛らしい頭に当たるのを見た。そして自分も真っ青になり、くずおれる体を抱きとめた。その甘やかな血から咲きでた花には、彼の果てることのない嘆きの碑文が刻まれている……

たがいにただ目で知っているというだけの関係ほど、奇妙でややこしいものはない、——毎日、いや毎時間出会い、相手を見る、そのさい礼儀に縛られてか、自身の思い込みによるのか、挨拶もせず、言葉も交わさず、よそよそしい無関心な態度をとるよう強いられている。彼らの間には落ち着かない敏感な好奇心が生まれる。相手を知り、言葉でも交わしたいと思いながら満たされず、不自然に抑圧されることから一種のヒステリー状態が生じる。そしてとくにまた相手の存在を重く見る一種の緊張関係が生まれる。なぜなら、人が人を愛し敬うのは、相手を評価できないでいる間だけなのだから。憧れは認識不足の産物である。

アッシェンバッハと若いタッジオの間にも、必然的になんらかの顔見知りの関係が生じないでは済まされなかった。そして初老の男は、関心と注目がまったく無視されているわけではないと確認して、嬉しさに体を貫かれたのである。たとえば、少年が毎朝浜辺に現れるとき、もう小屋の後ろの板張りの小さな橋を使わなくなって、砂浜を抜けていく前方の道だけを使い、アッシェンバッハの小屋のそばを、時には不必要なくらい彼のすぐそばを、机や椅子に触れんばかりにして通り、家族の小屋の方に歩いていくのは、いったい何がこの美しい少年にそうさせたのか。そのように引力が働いたのだろうか、愛に優った心の魅惑が何もわからないでいるかわいい相手を引きつけたのだろうか。アッシェンバッハは毎日タッジオの登場を待った。その姿が現れると、ときどき忙しく仕事をしているようなふりをして、美しい少年が通り過ぎるにまかせた。しかし時にはまた、目を上げて、二人の視線が出会うことがあった。そういうとき、ふたりとも極めて真面目だった。初老の男の教養と威厳をたたえた顔つきからは、内心の動揺はまったく読みとれなかった。しかしタッジオの目には、何か探るような、もの問いたげな表情が浮かんだ。歩き方にためらいが現れて、砂に目を落とし、またかわいらしく視線を上げた。通り過ぎてしまうと、振り返りたいのだけれど、躾《しつけ》がそうさせないという様子が、その態度に現れているようだった。

しかしある晩のこと、別な成り行きが起こった。ポーランド人の姉妹と弟が付き添いの家庭教師ともども、大食堂の晩餐に現れなかったのである。彼は食事がすんでもそのことが気になって非常に落ち着かず、夜会服にパナマ帽という格好で、ホテルの前のテラスの下を散歩していた。そのとき突然、尼僧のような姉妹が女教師と一緒に、それから四歩遅れてタッジオが、アーク灯の光の中に浮かび上がった。明らかに彼らは、何か理由があって町で食事をすませ、汽船の桟橋から帰ってきたのである。水の上はきっと寒かったのだろう、タッジオは船員の着る金ボタンのついた濃紺のコートを着て、コートに付いた帽子をかぶっていた。太陽と海風は少年を焼いてはいなかった。その皮膚は最初のころと同じように黄色みをおびた大理石の色を保っていた。しかしきょうは、冷気のせいなのか、アーク灯の青白い月光色のせいなのか、いつもより青ざめて見えた。均斉の取れた眉はいつもよりくっきりと際立ち、目は深く黒みをおびていた。少年は言葉で言い表せるよりもずっと美しかった。そしてアッシェンバッハは、これまで何度もそう思って胸の痛んだことなのだが、言葉は感覚の美をただ讃えることができるだけで、再現することはできないと思った。

彼はこのかけがえのない姿を予期していなかった。それは思いがけず現れた。表情に落ち着きと威厳を持たせる暇などなかった。彼の視線が、姿の見えなかった少年の視線にぶつかったとき、そこには喜びと驚きと賛美がはっきりと現れてしまったかもしれない、――そしてこの瞬間に、タッジオが微笑むということが起きたのである。彼に微笑みかけた。親しく話しかけるように、かわいらしく照れる様子もなく、唇で微笑むと、唇ははじめてゆっくりと開いたのである。それはナルキッソスの微笑だった。自分を映す水の上に身を屈めたナルキッソスの、あの深い、呪縛され、魅了された微笑だった。その微笑を浮かべて自分の美の反映をつかもうと腕を伸ばす、――ほとんど歪みのない微笑だけれど、自分の影の優しい唇に接吻しようという見込みのない試みにわずかに歪んでいる、コケットで、好奇心も露わに、微かな苦しみも表して、自分にうっとりして自分をうっとりさせるその微笑。

この微笑を受け取った男は、悪い運命でも抱え込んだように、その微笑を胸に、急いでその場を立ち去った。衝撃は深く、彼はテラスと前庭の灯りを避け、急ぎ足で裏庭の暗闇に逃れなければならなかった。奇妙な怒りと情愛の入り交じった警告がその胸から絞り出された。「そんなふうに笑ってはならない！　いいかい、誰にもそんなふうに微笑んではいけないよ！」彼はベンチに身を投げて、我を忘れ、植物の夜の香気を吸いこんだ。そして両腕を垂らして後ろにもたれ、圧倒され、何度も戦慄に襲われながら、今も昔も変わらない憧れの決まり文句を呟いたのである、――まさかこんなことが、それほど愚かしく、人目をはばかり、笑われるようなことなのに、それでも神聖な、こうなってもやはり、畏怖の念を禁じえない言葉。「私はおまえを愛している！」

第五章

リドに滞在して四週目、グスタフ・フォン・アッシェンバッハは外の世界に関連して、いくつか不気味なことを聞き知るはめになった。第一に、夏はいよいよこれからというのに、彼のホテルの滞在客が増えるよりもむしろ減っているような、とくに自分の周囲からだんだんドイツ語が消えていくような、そんな気がしたのである。テーブルでも浜辺でも、ついにはただ外国語の音ばかりが彼の耳を打つようになった。それからある日のこと、いまではたびたび行くようになっていた理髪師の所で、おしゃべりの途中ある言葉が耳にとまって、変な気がした。理髪師はあるドイツ人の家族のことに触れ、ちょっと滞在しただけでついさっき出発してしまったというのである。そしてお喋りついでのお愛想にこう付け加えた。「お客様はまだご滞在ですね。病気なんか恐くないというわけで」。アッシェンバッハは理髪師を見つめ、「病気？」と、繰り返した。お喋り屋は黙った。忙しそうに動いて、問いかけを聞き流した。そしてもう一度、もっとはっきりと聞かれると、自分は何も知らないと言って、困ったようにお喋りを続けて話を逸らそうとした。

それが昼のことだった。午後、風が静まってきつい日射しの中をヴェネツィアに出かけた。というのは、ポーランド人の姉妹と弟の後をつけようという、矢も楯もたまらない気持にかられたのである。彼らが付き添いの女と一緒に汽船の桟橋の方に歩いていくのを彼は目にしていた。サン・マルコ広場に偶像の姿はなかった。しかし、広場の陰になった側の鉄製の丸テーブルでお茶を飲んでいたとき、とつぜん空気の中にある独特な臭いを嗅ぎつけた。いまそれは、もう数日前から、特に意識に上ることもないまま、自分の嗅覚に触れていたような気がした、――甘ったるい薬のような臭い、悲惨と傷といかがわしい清潔さを思い出させる臭い。彼は確かめ、確認して考え込んだ。軽食を終え、寺院の反対側を通って広場を離れた。狭いところでは、臭いはもっと強くなった。通りの角にはあちこちに印刷された張り紙が掲げられていた。現下の気候では消化器系のある種の病気の発生が見込まれるので、それに罹《かか》らないよう、住民は牡蠣《かき》や貝を食べるとき注意するように、また運河の水にも注意するようにという市当局の警告だった。この通達が事態をごまかしていることは明らかだった。町の人たちはいくつものグループに分かれ、黙って橋や広場に集まっていた。そして旅の男はその中に混じり、様子を探り、あれこれと考えを巡らした。

紐に通した珊瑚《さんご》とまがい物のアメジストの装身具に埋もれて商店主が一人、店のドアにもたれていたので、この不快な臭いについて何か教えてくれと頼んでみた。男はどんよりした目で彼を値踏みし、急にそわそわと元気を出した。「予防措置です、お客さん！」男はジェスチャーたっぷりに答えた。「警察のやることですから、逆らえません。この気候では息苦しくて。シロッコは健康に良くないですからね。つまり、おわかりでしょう、――まあ、用心に越したことはないと……」。アッシェンバッハはありがとうと言って、歩き去った。リドに帰る汽船の上でも、いまやはっきりと、芽のうちに摘み取るというその手段の臭いを嗅いだ。

ホテルに帰るとすぐ、ホールの新聞を置いたテーブルに行き、何紙かをめくってみた。外国語の新聞には何も見あたらなかった。彼の故郷の新聞が噂を掲載して、曖昧な数を引用し、当局の否定を載せ、その信憑性を疑っていた。これでドイツとオーストリアの連中がいなくなった理由がはっきりした。他の民族の人たちは明らかに何も知らず、何も予感せず、したがってまだ不安を持ってはいなかった。「黙っていなければならない！」アッシェンバッハは新聞をテーブルに投げ戻しながら、興奮してそう考えた。「このことは喋ってはならない！」しかし同時に彼の心は、外の世界が落ち込もうとしている異常な体験に満足を感じていた。なぜなら、情熱というのは、犯罪と同じで、日常の確かな安寧秩序とは反りが合わないからである。市民的な組織がぐらついたり、世界が混乱し、災難にあったりすることは何であれ、情熱にとっては歓迎すべきことであるはずだ。というのも、情熱はそこに自分の利益を見つけることを必ず期待できるからである。そういうわけでアッシェンバッハは、ヴェネツィアの汚い路地の、市当局に隠蔽された出来事に、暗い満足を感じた。——町のこの邪悪な秘密は彼自身の秘密と溶け合い、その秘密を守ることが彼にとっても重要になった。なぜなら、惚れ込んでしまった男は、タッジオが出発してしまうかも知れないという以外の心配を持たなかったからである。そして、もしそうなったら、自分はもう生きる術《すべ》を知らないだろうと認めて愕然とした。

近頃では、美しい少年に近づきその姿を見ることを、日課と幸運に任せておくだけでは満足できなくなった。彼は少年の後を追い、つけ回した。たとえば日曜日、ポーランド人は決して浜辺に現れなかった。アッシェンバッハは、彼らがサン・マルコでミサに出席しているのだろうと推測し、そこに急いで出かけてみた。炎暑の広場から寺院の金色の薄闇の中に足を踏み入れると、見失っていた少年が祈禱台に顔を伏せ、礼拝の最中であるのを見いだした。そこで彼は、跪《ひざまず》いて祈りの言葉を呟きながら十字を切っている人々に混じって、後方のひび割れたモザイクの床の上に控えていた。東方の寺院のずんぐりした壮観がたっぷりと彼の五感を圧迫した。前方では重々しく飾り立てた司祭が、祭壇の前を行き来し、職務に励み、祈りの言葉を歌った。清めの香が立ち昇って、祭壇の蠟燭の弱々しい炎を霧のように包んだ。そして鈍く甘い奉献の香りに、かすかにもう一つ別な臭いが混じるように思われた、病んだ町の臭いが。しかし靄《もや》とまたたく光の向こうに、アッシェンバッハは、美しい少年があの前方の席から振り返り、自分を捜し、自分を見つけるのを認めた。

やがて会衆は開かれた正面玄関を抜けて、日射しの強い鳩の群がる広場に次々と溢れ出てきた。そのとき惚れ込んだ男は入り口のホールに身を隠した、そしてこっそりと様子を窺った。ポーランド人たちが教会を出ていった。子供たちは堅苦しい態度で母親に別れの挨拶をし、母親はホテルに帰るためにピアツェッタの方に向かった。彼は、美しい少年と尼僧のような姉妹と付き添いの教師が、右に道を折れて時計塔の門を抜け、メルチェリーアに入るのを確認した。そして彼らを少し先に行かせ、その後をつけた。こっそりと後ろから彼らの散歩に従い、ヴェネツィアの町をさまよった。彼らが立ち止まると、彼も立ち止まらねばならなかった。引き返してくる彼らをやり過ごすために、小さな食堂や中庭に逃げ込まねばならなかった。姿を見失い、橋を渡り、汚い袋小路に入り込み、夢中でその姿を捜し求めて疲れ果てた。そしてとつぜん、逃げ場もない狭い通路を向こうからやって来る彼らに出くわして、死にそうなくらい苦しい数分間を耐えた。それでも彼が苦しんでいたと言うことはできない。頭と心は酔いしれていた。その足取りは、人間の理性と威厳を踏みにじって喜ぶデーモンの指示に従っていたのである。

タッジオと家族の者は、それからたいていどこかしらでゴンドラを雇った。アッシェンバッハは、彼らが乗り込む間、建物の張り出しや井戸を利用して身を隠し、彼らが岸を離れるや、自分も船を雇った。声をひそめてせかせかと、酒手《さかて》をたっぷりはずむからと約束し、ちょうどあそこの角を曲がったあのゴンドラを、目立たないようにちょっと距離を置いてつけてくれと船頭に指示した。そして、小狡《こずる》いぽん引きが心得たと言うような調子で、その男が、おやすい御用だ、抜かりはありませんよ、と同じトーンで請け合うと、彼は体中がぞくぞくしたのである。

こうして柔らかな黒いクッションに身をもたせ、もう一艘の舳先の長い黒い小舟の後をつけて、水の上を揺れながら滑っていった。情熱が前方の航跡に彼を縛りつけていた。ときどきそれが視界から消え、苦しみと不安に襲われた。案内人は、こんな指図は慣れっことばかりに、つねに抜け目ない策を弄し、運河をすばやく横切ったり、航路を短縮したりして、めざす獲物をふたたび目の前に回復して見せた。風は静かで、臭いがあった。太陽は、空を灰青色に染めるもやを通してじりじりと熱気を送ってきた。水はごぼごぼと音を立てて木と石を打った。ゴンドラを操る船頭の呼び声は、半分は警告、半分は歓迎の挨拶に聞こえ、不思議な申し合わせでもあるのか、遠くの静かな迷宮の向こうから、それに応える呼び声が響いた。高いところにある小さな庭園から、小花を無数にちりばめた形の花が、白く赤く、アーモンドの匂いを漂わせて、朽ちた壁に垂れ下がっていた。アラビア風の窓枠が濁った空気の中にくっきりと浮き出ていた。教会の大理石の階段が水の中に延び、乞食が一人、その上にしゃがみ込んで、自分の惨めさを訴えながら、帽子を差し出し、目が見えないというように白目をむいた。古物商が一人、粗末な店の前に立って、通り過ぎる男をへつらいの身振りで、覗いていかないかと招いた。騙してやろうという魂胆だった。これがヴェネツィアである。媚びを売る怪しげな美、――半分は童話で、半分はよそ者をはめる罠の町、その腐った空気の中で、かつて芸術が享楽的に増殖し、音楽家たちの耳に、心を揺すりなまめかしく眠りを誘う響きを吹き込んだのである。アバンチュールに耽る男には、自分の目がそのような豪奢を飲むような気がした。自分の耳がそのようなメロディーによって籠絡《ろうらく》されるような気がした。そしてまた、この町がいま病んでいること、儲けたい一心でそれを隠していることを思い出した。そしてますます心の手綱を失って、前を行くゴンドラの気配を窺ったのである。

こうして惑乱した男は、自分に火をつけた相手を絶えずつけ回し、いなければ夢に描き、恋する者の常で、ただの影絵に愛の言葉を捧げるという以外のことをもはや知らなかったし、それ以外のことをしたいとも思わなかった。遅咲きの深い陶酔の孤独と意外さと幸せが彼を励まし、どんなに人に非難されても遠慮することも顔を赤らめることもない、このままでいいのだと信じさせてくれた。そして、夜も更けてヴェネツィアから帰ると、ホテルの二階で美しい少年の部屋の入り口に足を止め、酔いしれた心のままに、ドアの蝶番《ちょうつがい》にひたいを押し付け、そんな狂った様子を見咎《みとが》められ捕まるかもしれないという危険を冒してまで、長いことそこを離れることができなかった、そんなことまで起こったのである。

それにもかかわらず、ふと立ち止まり、半ばは我に返る瞬間もないわけではなかった。なんということだ！　そんなとき彼は愕然として考えた。なんということだ！　自然の功績によって自分の血筋に貴族主義的な関心をよせる人は誰でもそうなのだが、彼も自分の人生の成果や達成について先祖のことを思い、先祖たちの賛同や満足や否《いや》応《おう》のない尊敬を心の中で確かめるという習慣を持っていた。許されない体験に巻き込まれ、感情のエキゾティックな放蕩に呑み込まれて、いまもここでその人たちのことを考えた。彼らの本質を成す崩れない厳格さ、端正な男らしさを思い、憂鬱な微笑を浮かべた。あの人たちは何と言うだろうか。しかしそれよりも何よりも、彼らは彼のここまでの全人生についてなんと言うだろうか。それは彼らの人生からは堕落と言ってもいいくらい離れてしまった。芸術に呪縛された人生、それについては彼自身がかつて、父祖たちの市民的な感覚に立って、若造の嘲笑的な認識を発表したことがある。芸術のための人生も、父祖たちの人生と根本的には実によく似ていたのである！　彼もまた勤務に励んだ。彼もまた兵士であり、戦士であったのだ、父祖たちの多くと同じように。——なぜなら芸術は戦いだからである、いまの世に長く耐える人がいるとも思われない、心身を磨り減らす戦いなのである。克己と「にもかかわらず」の人生、彼が同時代の優しいヒロイズムのために、その象徴として描き上げた、辛く、辛抱強く、禁欲的な人生、——たしかに彼はそれを男らしいと言うことができた、勇敢だと呼ぶことができた。そして、自分を捉えたエロスが、そのような生活に、何らかの形で特別にふさわしく、特別に向いていると思えてならなかった。エロスは、勇敢な上にも勇敢な民族の間で優れて尊敬されたのではなかったか。そう、エロスは勇敢さのゆえに彼らの町で花咲いたと言われたのではなかったか。昔はたくさんの戦士たちがエロスのくびきを喜んで受けた。なぜならその神の宿命を受けることは、まったく屈辱ではなかったからだ。そして、もし目的が違っていたら、臆病の印として非難されたであろうような行為、膝を屈したり、誓いを立てたり、のべつ幕なしに頼み込んだり、奴隷さながらの態度をとったり、そういう振る舞いが、恋する者には恥辱にならなかった、それどころかむしろ、そのために賞賛を得たのである。

うつつを抜かした男の考え方というのはこんなものだった。このようにして彼は自分を支え、威厳を守ろうとした。しかしそうしながら同時に、ヴェネツィアの町の中で進行している不潔な出来事に、絶えず執拗な警戒の目を向けていた。外の世界のあの異常な事態、それは彼の心のアバンチュールに黒々と合流し、その情熱を不確かな無法な希望で養った。病気の状況と進行について新しい確かなことを知りたいという一心から、町の喫茶店で故郷の新聞を隈なく読みあさった。ドイツ語の新聞は、数日前からホテルのホールの閲覧用テーブルから消えていたのである。こうだという記事があり、それを取り消す記事があった。罹病者《りびょうしゃ》と死亡者の数が、二十人、四十人、いや百人、それ以上に膨れあがったと書かれ、それからすぐに、伝染病の発生そのものが、はっきりとではないまでも否定され、完全に個別の、外から持ち込まれたケースだということにされた。イタリアの政府当局の危険な賭けを疑問視する警告や抗議が見受けられた。確かなことはわからなかった。

にもかかわらず孤独な男は、秘密の共有を要求する特別な権利が自分にはあると思っていた。自分は閉め出されていても、知っている人たちをきわどい質問で急襲し、沈黙の同盟に縛られた人たちにあからさまな嘘を言わせて、ひねくれた満足を味わった。ある日のこと、大食堂での朝食の時に、そんなふうにホテルの支配人を問い詰めた。あの小柄なフランス風のフロックコートを着た、物音をたてずに登場する男である。ちょうど食事中の客の間を挨拶と監視を兼ねて動き回り、アッシェンバッハのテーブルの所でも二言三言言葉を交わすために足を止めた。そもそもいったいどうして、と客は聞いた。なげやりな、ことのついでという感じで。いったいどうしてしばらく前からヴェネツィアの町を消毒しているのか。――「それはでございますね」と、忍び足の男が答えた。「警察の措置なのです、そうなのでございます、こんなようだるような、異常に暑い気候では、公衆衛生にどんな厄介な耐え難い障害が生じるかも知れませんので、当局の義務として早めに防止しようというわけでございます」。――「警察は誉めてやってもいいな」と、アッシェンバッハは答えた。そして気候に関する意見を二、三取り交わして、支配人は辞去した。

さらに同じ日の夕方、晩餐の後、流しの歌手の小さなバンドが町からやって来て、ホテルの前庭で演奏を披露するという出来事があった。彼らは男二人、女二人、アーク灯の鉄のポールの下に立って、白く照らされた顔で大きなテラスの方を仰ぎ見た。そこには、コーヒーや冷たい飲み物を飲みながら、民衆的なパフォーマンスを見てもいいという滞在客がいた。ホテルの従業員たち、エレベーターボーイや給仕、それに事務所の職員がホールの戸口に姿を見せ、聞き耳を立てていた。ロシア人の一家は大喜びで、もっと近くで見ようと、わざわざ籐椅子を庭に降ろしてもらい、嬉しそうに半円を作って座っていた。主人一家の後ろに、ターバンのようなスカーフを巻いた年寄りの女奴隷が控えていた。

おひねりを狙う芸達者たちは、マンドリン、ギター、ハーモニカ、それにやかましく歌うヴァイオリンを手にしていた。楽器の演奏と歌のナンバーが交互に披露された。歌の方ではたとえば、若い方の女がとがった金切り声で、甘いファルセットのかかったテノールと切ない愛の歌をデュエットした。しかしなんと言ってもこの一座最高のタレントは、ギターをかかえたもう一人の男だった。性格からすれば道化役のバリトンだがほとんど歌わない。しかし物まねの才能があり、きわだってコミカルなエネルギーに溢れていた。この男は片方の腕に大きな楽器をかかえて、何度も他の三人から離れ、ジェスチャーたっぷりに前景に躍り出てきた。その道化芝居は受けに受けて笑いをとり、男はその笑いに乗せられた。とくにあのロシア人の一家は、彼らの一種の平土間席で、南国ならではの敏捷な動きに恥も外聞もなく興奮し、喝采と掛け声で景気をつけ、その男をますます大胆かつ確かな芸へと挑発したのである。

アッシェンバッハは手すりの所に座っていた。ときどき、目の前のグラスの中でルビーの赤さに輝く、ザクロのジュースのソーダ割りで唇を冷やした。彼の神経はやかましい響きと下卑《げび》たセンチメンタルなメロディーを貪欲に受け入れた。なぜなら、情熱は選択の感性を萎縮させ、冷静であればユーモアをもって受け止めるか、怒って退けるかするような刺激を、大まじめで受け入れてしまうからである。彼の表情は山師の繰り返す跳躍によって歪み、笑いが顔に張り付き、痛みを感じるほどになった。だらしなくそこに座ってはいたが、気配をうかがう緊張のため、心がはち切れそうだった。というのも、彼から六歩の所で、タッジオが石造りの手すりにもたれていたからである。

少年は、ときどき晩餐の席に着てくる白いベルトつきの服で、そこに立っていた。生まれついての優美は現れないではいなかった。左腕を手すりに乗せ、足を組み、体を支える腰に右手をそえ、微笑と言うよりも、ほんのわずかな好奇心、ただ礼儀のために見聞きするという表情で、大道芸人たちを見おろしていた。ときどきまっすぐに背筋を伸ばし、胸を張りながら、両腕を美しく動かして、白い上着を皮のベルトの下に引っぱり入れた。しかしまた何度かは、老いてゆく男はそれに気づいて勝利と理性のよろめきを感じ、仰天さえしたのであったが、少年はためらいがちに用心深く、そうかと思うと、奇襲が肝心とばかりにすばやく突然に、顔を左の肩越しに、自分を恋い慕う男の座る方に向けたのである。少年は相手の目に出会わなかった。というのは、正道を外れたこの男が、不名誉な憂慮にかられ、おびえて自分の視線を抑えたからである。テラスの後ろにはタッジオを守る女たちが座っていた。そして事態は、惚れ込んだ男が、人目に立って邪推されるのを恐れなければならないというところまで進んでいた。たしかに彼は何度か、浜辺で、ホテルのホールで、またサン・マルコ広場で、タッジオが自分のそばから呼び戻されるのに気づき、少年を自分から引き離しておくつもりなのだと気づかされて、体が硬直するのを覚えた、――そして恐ろしい侮辱を感じないではいられなかった。そのために彼の誇りは味わったことのない苦しみに悶え、また良心に妨げられて、その侮辱を退けることもできなかったのである。

その間にギタリストは自分の伴奏でソロを歌い始めた。ちょうどイタリア全土ではやっていた数節の流行歌で、そのリフレインのたびに、バンドの仲間が歌と楽器で唱和し、男は彫像めいた演劇的な身振りでその歌を引き立てて見せたのである。情けない体格で、顔も痩せてやつれ果て、ふくらんだ赤い髪がつばの下から飛び出すくらい深く、ぼろ布同然のフェルト帽をうなじの方に押し下げ、他の仲間からは離れて、厚かましい慣れきった態度で砂利の上に立っていた。そして弦をかき鳴らし真に迫った朗唱調でその戯《ざ》れ歌をテラスに向かって投げ上げた。これ見よがしの緊張のあまり、ひたいの血管が膨れあがっていた。見たところヴェネツィアの人間ではないようだった。むしろナポリあたりの喜劇役者の一族の出か、半分は女のひも、半分はコメディアンといった風情、野蛮でふてぶてしく、きわどいが楽しませる男だった。その歌は、歌詞だけからすれば馬鹿げたものだったが、彼の口にかかると、作り物の表情や体の動き、また、あてこすりに瞬きしたり、舌をぬるりと口角に遊ばせる仕草によって、曖昧でどことなく卑猥な調子をおびた。ふだんは街着にもなっているスポーツシャツの柔らかい襟からは、痩せた首が突き出ていて、喉仏が目立って大きく、いかにもむき出しという感じを与えていた。血の気のないだんご鼻の顔は、そのひげのない顔立ちから年齢を推測するのは難しかったが、しかめ面と悪徳によって隅々まで鋤《す》き返されたように見えた。そして、左右の赤みを帯びた眉の間に刻まれた、反抗的で尊大でほとんど野蛮な二本の皺が、よく動く口の、歯を剝いたにやにや笑いに不思議なくらいよく似合っていた。しかし何よりも孤独な男の深い注意を引いたのは、この怪しい人物が独特の怪しい空気をも漂わせているように思えたことだった。つまり、歌のリフレインに入るたびに、この歌い手は、ふざけた顔をして挨拶代わりに手を振りながら、客の間をグロテスクに練り歩き、アッシェンバッハの席の真下を通り過ぎたのだが、そのたびに、彼の服から、その体から、強いフェノールの臭いがテラスに昇ってきたのである。

歌が終わると、彼は金を集め始めた。最初はロシア人のところで、これは用意怠りなく恵んでいるところが見受けられた。それから階段を昇ってきた。パフォーマンスではあれほどあつかましく振る舞ったのが、この上の席では謙虚なものだった。お追《つい》従《しょう》にいちいち片足を後ろに引いて挨拶しながら、テーブルの間を忍び足で歩き回り、ずる賢くへりくだった薄笑いを浮かべるたびに、頑丈そうな歯が剝き出しになった。しかしその間も、赤い眉の間の、威嚇的な二本の皺が消えることはなかった。人々はこの異様な、生計の資を集めて回る人物を、好奇心といくらかの嫌悪をこめて見つめ、指先で硬貨をつまんで男のフェルト帽に投げ入れ、彼に触れないように用心していた。コメディアンと上品な人々との間の肉体的な距離がなくなれば、さっきまでの満足は大きくても、必ずある種の困惑が生まれる。芸人はその困惑を感じ、媚びへつらうことでなんとか取り入ろうとしていた。男はアッシェンバッハの所に来た。男といっしょにあの臭いもやって来たが、まわりの誰もそれを気にとめないようであった。

「おい!」と、孤独な男は低い声で、ほとんど機械的に言った。「ヴェネツィアの町を消毒しているが、なんのためだ？」――おどけ者はかすれた声で答えた。「警察のしたことで！　そういう決まりなんで、旦那さん、こう暑くって、このシロッコじゃ。シロッコは息苦しくて、健康に良くありませんや……」。男は、そんなことを聞かれるのが不思議だ、というような話し方をした。そして手のひらを平らにして、シロッコが息苦しくさせるところを、ジェスチャーでやって見せた。――「ではヴェネツィアは病気ではないんだな？」アッシェンバッハは非常に低い声で、歯の間で話すように聞いた。――道化役者の顔の筋肉が、滑稽な困惑のしかめ面に変わった。「病気？でもどんな病気で？　シロッコが病気なんで？　それともうちの警察が病気なんで？ご冗談がお好きですな！　病気！　とんでもないことで！　予防措置です、おわかりでしょうが！　警察がこの息苦しい気候の影響に用心したというわけで……」。男はジェスチャーを繰り返した。――「結構だ」と、アッシェンバッハは再び低い声で短く答えて、不相応に高額な硬貨をすばやく帽子に落とした。それから男に行っていいと目で合図した。男はにやにや笑いながら、ぺこぺこお辞儀をして彼の指図に従った。ところがまだ階段に行き着かないうちに、ホテルの職員が二人、男に躍りかかり、顔をぴったりつけて、囁くような声で質問の十字砲火を浴びせたのである。男は肩をすくめ、自分は誓って何も言わなかったと断言した。その様子が見えた。解放されると、男は庭に下りて、アーク灯の下で仲間と少し相談し、もう一度登場して感謝と別れの歌を歌った。

孤独な男は、以前その歌を聞いたという記憶がなかった。あつかましい流行歌で、理解不可能な方言で歌われ、笑い声のリフレインがついている。そこはバンドのメンバーが喉から声を振り絞り、必ずいっしょに笑った。その時は歌詞も楽器の伴奏も消えて、どういう具合にかリズミカルに作られ、それでも非常に自然な感じのする笑い声だけになった。これも特にあのソリストが、その才能を発揮して、本当に大笑いしているように演じて見せた。男は、自分と宿泊客との興行上の距離が回復されたので、またあのあつかましさを余すところなく取り戻し、恥知らずにもテラスに向けられた偽の笑い声は、嘲りの哄笑に変わった。歌の歌詞が終わるころには早くも、笑いたい衝動がこみ上げて抑えかねているようだった。しゃくり上げ、声が震え、手で口を押さえ、肩が歪み、その瞬間が来るや爆発した。唸り声を上げ、どうにも抑えきれない笑いがはじけ、それがあまりにも真に迫って伝染力を発揮したので、聞いていた人たちが感染し、テラスの上にも、何がおかしいというのでもない、ただただおかしいからおかしいという笑いが広がった。しかしこれがまた歌い手にさらに羽目を外させたようだった。男は膝を折り、腿をたたき、脇腹をかかえ、胸の中のものをぜんぶ吐き出さずにはいられなくなった。それはもう笑いではなかった。叫び声を上げて、あの上で笑っているお上品な人たち以上に滑稽なものはないというように、テラスの方を指さした。するととうとう庭もベランダもすべてが笑いに包まれた。給仕も、エレベーターボーイも、ドアの内側の使用人たちまでが笑った。

アッシェンバッハはもはや椅子にくつろいではいなかった。笑いを防ぐか、逃げようとでもするように、座ったまま上体を起こしていた。しかし高笑いと吹き付けてくる病院の臭いと、美しい少年が近くにいることが縺《もつ》れあって、夢のように彼を呪縛し、彼の頭を、彼の心を包み込んで、かわすことも逃れることもさせなかった。誰もが気晴らしに興奮しているのを利用し、彼は敢えてタッジオの方を見ようとした。そして実際そうしてみると、美しい少年が彼の視線に応えて、同じように生真面目な様子でいるのを認めることができた。それはまるで、少年がこちらに合わせて態度と表情を決めているかのようであり、また、あの人がそうなのだから、自分もみんなの気分には乗らないと言っているようでもあった。この無邪気で従順な素直さには、有無を言わせずこちらの構えを解くところがあったので、灰色の髪の男は、両手に顔を埋めたくなるのをやっとのことでこらえなければならなかった。これまでも彼には、タッジオがときどき背筋を伸ばしたり、深く息をついだりするのは、胸が苦しくてため息をつくからだというように思えたことがあった。「あの子は病弱なのだ。おそらく年をとるまで生きることはないだろう」と、彼は再びまたきわめて即物的に考えた。陶酔と憧れが解けると、ときどきこういう奇妙な即物性が現れるものである。そして純粋な心配に放埒な満足が加わって、彼の心を満たした。

その間にヴェネツィアの一団は歌を終えて退場した。喝采に送られて、座長は自分の退場を冗談で飾り立てるのを忘れなかった。片足を後ろに引くお辞儀や投げキスは笑いを誘い、男をますますいい気にさせた。一座の者がもう外に出てしまったとき、男は後ろ向きに走って思い切りアーク灯のポールにぶつかったふりをし、痛みで体を丸めたように足を引きずりながら門まで歩いた。そこでついに、滑稽で不運な男の仮面をとつぜん脱ぎ捨て、体を伸ばし、いや弾むように飛び上がり、テラスの上の客たちにあつかましく舌を出すと、するりと闇に消えてしまった。滞在客も姿を消した。タッジオもとっくに手すりの所から消えていた。しかし孤独な男は、飲み残しのザクロジュースを前にまだいつまでもテーブルに座り続けて、ボーイたちを訝《いぶか》らせた。夜は進み、時は崩れ落ちた。もう何年も前のこと、彼の両親の家には砂時計があった、――壊れやすい大切な容器が、いまそこにあるかのように、とつぜん彼の目の前に浮かんだ。赤錆色に着色された砂が、音もなく繊細に、くびれたガラスの中を落ちていた。そして上の容器が空に近づくころ、そこに周りの砂を呑み込む小さな渦が作られていた。

翌日の午後早くも、頑固な男は外の世界を試すために新しい一歩を踏み出した。そして今回は可能な限りの成果を得た。すなわち彼は、サン・マルコ広場からそこに事務所を構えるイギリスの旅行会社に足を踏み入れたのである。窓口で金を少し両替した後、不審そうな外国人の表情で、応対した事務員に決定的な質問をぶつけてみた。

相手はウールの服を着たイギリス人で、まだ若く、髪を真ん中で分け、両目が中央に寄っていて、あの落ち着いた遵法《じゅんぽう》精神を持ちあわせていた。これは、抜け目なくはしっこい南国では、ひじょうに異質な、ほとんど珍品と思われるような気質である。最初はこうだった。「ご心配には及びません、サー。大して意味のない措置です。こういう指示はよく出されます。炎暑とシロッコの、衛生に危険な影響を防止するためです……」。しかし青い目を上げると、外国人の視線にぶつかった。少し悲しげな疲れた視線が、かすかな軽蔑を浮かべて自分の唇に注がれていた。イギリス人は顔を赤らめた。「いま申し上げたのは」、声を落とし、わずかな動揺を見せて彼は続けた。「公の説明です。これを守るのがここでは良いとされております。お客様に申し上げますが、もう少し別な事情が隠れております」。それから彼の国の実直な気持のいい言葉で真実を語った。

もう数年前からインドのコレラが拡大拡散する強い傾向を示していた。ガンジス・デルタの暑い湿地帯で発生し、太古からのたくさんの島の浮かぶジャングル、人も寄りつかず、密生した竹林に虎が身を潜める無用に繁茂したジャングル、その悪臭を放つ空気と共に上昇し、その伝染病はヒンドスタン全土に腰を据えて、異常な激しさで荒れ狂い、東は中国、西はアフガニスタンとペルシアに飛び火し、キャラバン隊の主要な街道に沿ってアストラハンまで、いやモスクワにまで恐怖を運んだ。しかしヨーロッパが、そこから陸路その妖怪が進入してくるかもしれないと震えている間に、それはシリアの商船によって海上を運ばれ、ほとんど同時に地中海のいくつかの港に姿を現したのである。トゥーロンとマラガで頭をもたげ、パレルモとナポリでなんどかその仮面を見せて、カラブリアとアプリア全土からもう引くつもりはないようだった。半島の北部は無傷ではあった。しかし今年の五月中旬、ヴェネツィアでまったく同じ日に、下働きの船乗りと青物売りの女のやつれ果てて黒ずんだ死体から、恐ろしいビブリオが発見された。この件は隠された。しかし一週間後、その数は十人になり、二十人になり、三十人になり、しかもさまざまな区域で見つかった。オーストリアの田舎から来た男が、ヴェネツィアで数日楽しんだあと、故郷の町に帰って明白な兆候を示して死んだ。そこで、ラグーナの町の災厄《さいやく》の最初の噂は、ドイツの新聞に載ることになった。ヴェネツィアの当局の返答はこうだった、町の衛生状況がかつてこれ以上良かったことはありません。そして町は食い止めるための必要最小限の措置を講じた。しかしおそらく野菜、肉、ミルクなど、食料品が汚染されていたのだろう、否定され、もみ消されながら、死は狭いいくつもの街路で周りを食い滅ぼしていった。そしていつもより早く始まった夏の炎暑が、運河の水をなまぬるく温め、病気の蔓延にきわめて都合がよかった。じっさい、伝染病がその力をあらためて回復し、病原菌のしつこい増殖力が倍加したように思われた。回復するケースはきわめて稀だった。百人の患者のうち八十人が死んだ。しかも死に方が恐ろしかった。なぜなら病気は極端な野蛮さで現れ、しばしば「乾性」と呼ばれる危険きわまりない形を見せたからである。そうなると、体は血管から大量に分泌された水分を排出することさえできなくなる。二、三時間のうちに患者は枯れしぼみ、ピッチのようにねっとりした血のために痙攣《けいれん》し、しわがれた声で呻きながら息絶える。時々あることだったが、もし発症が軽い体調不良のあと深い昏睡という姿をとるなら、むしろ幸いだった。もはや、あるいはほとんど目覚めることはなかったのだが。六月の初め、市立病院の隔離病棟はひっそりとして満杯だった。二つある孤児院でもベッドが不足し始めた。そして新しく基礎を据えた岸壁とサン・ミケーレ島との間で、船の行き来が恐ろしく活発になった。これは墓地の島である。しかし、被害が全体に及ぶことへの恐怖、最近いくつかの公園で開催されたばかりの絵画展への配慮、また、パニックが起き、悪評が立てば、ホテルや商店や様々な外国企業が脅かされることになる膨大な損害への配慮、そういうものがこの町では、真実を重んじる心や国際協定の尊重よりも強力であることが露呈された。そういう恐怖や配慮が、当局に沈黙と否定の政策を執拗に続けさせたのである。ヴェネツィアの医療担当のトップは、功績のある人物だったが、憤激してそのポストを退き、ひそかにもっと御《ぎょ》しやすい人物に置き換えられた。住民はそのことを知っていた。そして上層部の腐敗は、徘徊する死が町を陥れた例外的な状況という、頭上を覆う不安と一つになって、下層階級のある種のモラル崩壊を引き起こした。つまり灯りを嫌う反社会的な衝動が焚きつけられたわけで、それは節度の喪失、破廉恥、犯罪の増加という形で現れた。いつもと違って、夕方になるとたくさんの酔っ払いが見受けられた。夜中にはとんでもない悪党で街路が危険になると言われた。強盗や、殺人事件さえ繰り返された。というのは、これまでに二度も、伝染病の犠牲になったとされた人が、実は自分の親戚に毒殺されたという事件が明るみに出たからである。商取引の上での不品行が、これまでこの町では見られなかったような、度を越したあつかましい形を取った。それはこの国の南の方か、オリエントでしかお目にかかれないようなものだった。

イギリス人はこういうことについて決定的な話をしてくれた。「明日よりもきょう」と、彼は話を結んだ。「出発された方がいいでしょうね。封鎖の決定は二、三日のうちに下されると思います」。——「どうもありがとう」、アッシェンバッハはそう言って、事務所を出た。

広場に日射しはなかったが、蒸し暑かった。何も知らない外国人が喫茶店に座り、あるいは教会の前に立って鳩に群がり寄られ、鳥が羽ばたき、押し合いへし合いしながら、差し出された手のひらのトウモロコシをついばむ様子を眺めていた。熱っぽい興奮を覚え、自分は真実を握っているということで勝ち誇った気持になり、そう思いながらも舌に吐き気の味を感じ、心に何か幻想的な恐怖を覚えて、孤独な男は壮麗な中庭のタイルの上をあちこち歩き回った。彼は事柄をきれいに片づける、礼儀に適った筋書きを考えていた。今晩にもディナーの後、真珠を飾った婦人の所に行って話しかけても良かった。その言葉も一字一句考えた。「奥様、よそ者が余計なお世話とは存じますが、一つご注意をさせて下さい。皆がエゴのために言わずにいる警告です。出発してください、いますぐに、タッジオとお嬢さんたちを連れて！　ヴェネツィアに伝染病が広まっています」。それから、嘲笑的な神の手先にされた少年の頭に別れの手を乗せ、きびすを返してこの泥沼から逃げ出してもいいわけだ。しかし彼は同時に、そういう一歩を望む気持などさらさらないということも感じていた。もしそうできれば、その一歩は彼を連れ戻してくれるだろう、自分自身に返してくれるだろう。しかしいったん自分から外れてしまった者は、再び自分に戻ることを何よりも嫌うのである。彼は夕日に輝く碑文に飾られた白い建物を思い出した。あの時、そこに透けて見えた神秘に彼の心の目は夢中になったのだ。それからあの奇妙な旅人の姿を思い出した。あれが老いてゆく男の胸に、遠い異郷をさまよう若者の憧れを呼び起こしたのだ。そして帰郷だの、思慮だの、冷静だの、苦労だの、熟練だのといったことを考えると、嫌悪のあまり顔が歪んで肉体的な不快が露わになった。「黙っていなければならない!」彼は小声で激しく言った。「黙っていよう!」自分も知っているという意識、自分も同罪だという意識が、少量のワインが疲れた頭を酔わせるように彼を酔わせた。災厄に見舞われ荒れ果てた町の姿が、荒涼と眼前に浮かび、心の希望に火をつけた。不可解な、理性などまたぎ越す、とてつもなく甘い希望だった。ついさっき一瞬夢見た優しい幸福など、この期待に比べたら何だろうか。カオスのもたらす利点に比べたら、芸術や徳が何だろうか。彼は沈黙して動かなかった。

その夜、彼は恐ろしい夢を見た、――肉体と精神を直撃する体験を夢と呼ぶことができるのであれば。その体験はなるほど深い眠りの中で、それ自体としてまざまざと、具体的なリアリティをもって彼を襲ったのだが、出来事の外で自分が動いたり、出来事の外に自分がいたりするのが見えたということはなかった。むしろ彼の魂そのものが舞台だった。夢の出来事は外から押し入り、彼の抵抗を――深い精神的な抵抗を――暴力的に粉砕し、彼の中を通過して、彼の存在を、彼の生活の文化を破壊し滅ぼしていったのである。

不安が始まりだった。不安と欲求、そして迫って来るものをぞっとして待つ好奇心。

闇が一面に支配していた。彼の五感は聞き耳を立てていた。なぜなら遠くから、混乱した轟音、入り乱れた騒音が近づいてきたからである。ガラガラ、バタバタ、ドロドロ、そこに耳をつんざく歓声、「ウー」の音を長く引いた、はっきりとした咆哮、――そのすべての音に混じりあい、すべての音を甘く消し去って戦慄させる、低い鳩の鳴き声にも似た、破廉恥なまでに執拗なフルートの響き、それは淫らに迫って臓腑を呪縛した。しかし彼は、ぼんやりとではあっても、そこに来た者をはっきりと名指す一つの言葉を聞き分けた。「異邦の神よ！」火炎が光り始めた。そこは山岳地帯だった。夏の山荘の周囲に似ていた。すると切れ切れの光の中で、森の高みから、木の幹と苔むした瓦礫の間を、転げ落ち、渦を巻いてなだれ落ちてくるものがあった。人間、動物、一団となって荒れ狂う群れ、――山腹は肉体と炎で、騒乱と千鳥足の輪舞で溢れた。女たちが、腰帯から垂らした長すぎる毛皮に自分でつまずきながら、うめき声を上げ、のけぞらせた頭上でタンバリンを振り、火花を散らす松明《たいまつ》と鞘を払った短刀を振り回し、舌を出す蛇を鷲掴みにし、あるいはまた叫び声を上げながら自分の乳房を両手に捧げた。男たちがひたいに角を生やし、皮の腰帯をつけ、毛むくじゃらの体で、首を折り、腕と腿を高く上げて、青銅のシンバルを打ち鳴らし、荒れ狂って太鼓をたたいた。滑らかな肌の少年たちが、葉のついた棒で雄山羊を追い立て、その角にしがみつき、雄山羊が跳ねるたびに歓声を上げながら引っ張られていった。そして熱狂した者たちは、柔らかな子音と語末に長く引かれた「ウー」の音を持つ叫び声を上げた。かつて聞いたこともない、甘く同時に野蛮な響き、——ここにその叫びが、発情した鹿の鳴き声のように、空中に放たれる、するとむこうで呼び交わす叫びが起こる、いくつもの声が重なり、凶暴に辺りを覆い、人々はたがいに踊り狂い、手足を投げ上げる。その叫びは止むことがない。しかしそのすべてを貫き支配したのは、心をそそる低いフルートの音だった。その音は、逆らいながらも見て聞いて感じてしまう彼をも、淫らに執拗に、この生け贄の乱痴気騒ぎに誘ったのではなかったろうか。彼の嫌悪は大きかった。彼の恐怖は大きかった。異邦の者に対し、落ち着いた威厳ある精神の敵に対し、最後まで自分の分を守ろうという意思は誠実だった。しかしあの騒音、あの咆哮は、反響する絶壁によって幾重にも重なり、急激に広がり、膨れあがって心を奪う錯乱になった。もやが立ちこめて感覚を圧迫した。雄山羊の鼻を刺す臭気、喘《あえ》ぐ肉体の臭い、腐った水から立ち昇るような空気、加えてさらにあと一つ、よく知っている別な臭い、傷と蔓延する病気の臭い。太鼓の連打のように彼の心臓は轟いた。脳はぐるぐる回った。憤怒に襲われ、分別が消えた、欲情に麻痺した。彼の魂は、神の輪舞に繋がりたいと熱望した。巨大な、木製の、猥雑なシンボルが剝き出しにされ、高く掲げられた。すると彼らはいよいよ奔放にあの合図の叫び声を上げた。唇に泡を吹いて荒れ狂い、淫らな身振りと肉欲の手でたがいに刺激しあった。笑い声、喘ぎ声。棘の出た棒でたがいの肉を突きあい、手足の血をなめあった。しかし夢を見ている男はいまや彼らと一緒に、彼らの中にいた。異邦の神のものだった。そう、彼らが動物に襲いかかり、引きちぎり、殺し、湯気の立つ肉片をむさぼり食ったとき、そして掘り返された苔の地面で際限のない乱交が始まり、それが神への捧げ物とされたとき、彼らは彼自身だった。そして彼の魂は没落の酒池肉林を味わった。

　この夢に襲われた男がその夢から覚めたとき、彼は神経を消耗し、叩きのめされ、くたくたになってデーモンの手に落ちていた。彼はもはや周囲の人々の目を気にしなかった。疑われているかどうかなど、どうでもよかった。じっさい人々も逃げていった。出発したのである。たくさんの浜辺の小屋が空っぽになっていた。食堂の座席にも空席が目立った。町で外国人の姿を見るのはまれになった。真実が漏れだしたようだった。利害関係者のしたたかな団結にもかかわらず、パニックをこれ以上食い止めるのは無理だった。しかし真珠の首飾りの婦人は、噂が彼女のところまで届かなかったせいなのか、噂に負けるには誇りがありすぎて恐怖がなさすぎたせいなのか、家族の者と一緒に残っていた。タッジオの姿があった。男はあの夢に包まれて、客たちの逃亡と死がこの辺りから邪魔者をすべて遠ざけ、自分と美しい少年だけがこの島に残っていられるような、ときどきそんな気がした、——そうなのである、午前中海辺で、重苦しい無責任な視線をじっと熱望する相手の上に注ぎ、あるいは日没に、不気味な死がひそかに徘徊する路地を、体面も構わず少年のあとをつけ回しているとき、彼には言語道断なことこそ見込みがあり、道徳の掟などはもろくも崩れ去るように思われたのである。

恋する者の例に漏れず、彼は相手に気に入られたいと願った。そしてそれが不可能かも知れないという苦い不安を感じた。彼は自分の服に気分を若返らせてくれる小物を付け加えた。宝石を身につけ、香水を使った。昼間はたびたび身繕いにたくさんの時間を費やし、おしゃれをして、高揚し、緊張してテーブルに着いた。自分を魅了した甘やかな若さを前にすると、自分の老いてゆく体に吐き気を催した。灰色の髪や尖った顔立ちを見ると、恥ずかしさと絶望に突き落とされた。体を蘇らせたい、昔の自分を回復したいという衝動に突き動かされた。彼はたびたび、ホテルの理髪師を訪ねた。

散髪用のカバーをかけられ、よく喋る男の手入れを受けながら椅子にもたれ、苦しげな視線で鏡に映った自分の姿を眺めた。

「灰色だ」と、口を歪めて言った。

「ちょっとですね」、男が答えた。「これは少し放っておいたせいです。外見に無関心だったのですね。重責を担う方々の場合、わからないでもないですが、無条件に誉められることでもありません。それに、そういう人たちには自然か人工かという問題については、偏見はふさわしくないのですから、なおさらですね。ある種の人たちが美顔術に対し道徳的に厳しくて、論理の必然と言うのでしょうか、入れ歯もいけないということになったら、それは顰蹙を買うでしょうね。けっきょく私たちの年齢は、私たちの考え方次第、心の持ちようなのです。髪を染めるのはいけないと言っても、状況次第では灰色の髪の方がじっさい真実にもとるということもございますね。お客様の場合には、自然な髪の色を要求する権利がございます。おぐしの色をさっと取り戻してご覧にいれましょうか」。

「どうやって?」アッシェンバッハは尋ねた。

すると能弁な男は、客の髪を透明な水と黒ずんだ水で二度洗った。髪は若かった時のように黒くなった。男はさらに焼きごてをあてて髪を柔らかくウエーブさせ、後ろに下がって出来上がった頭を点検した。

「これでいま少し」と、男は言った。「お顔の皮膚をさっぱりさせるとよろしいでしょう」。

満足してやめるということを知らない人間らしく、この男は次から次へと手順を踏んで、その都度いそいそと熱心に仕事を進めていった。アッシェンバッハは気持よくくつろいで、やめさせようという気などさらさらなく、むしろ進行中のことに期待と興奮を覚え、鏡の中に眉がくっきりと形よくカーブを描くのを見た。目元は切れ長になり、まぶたに薄く下地がほどこされて目の輝きが増した。さらに顔の下部の皮膚の、くすんでごわごわしていた所がふっくらとし、そこにほのかな朱色がさした。さっきまで血色の悪かった唇がラズベリー色に膨らみ、頰や口元の皺、目元の小皺がクリームを塗られ、若々しい息吹を受けて消えていった、――そして彼は心臓をどきどきさせながら花咲く若者を認めたのである。美容師はやっと満足し、こういう商売の人の流儀で、サービスを施した相手にへりくだった追従を口にして感謝したのである。「ほんの少し補整しただけです」と、男はアッシェンバッハの外見に最後の手を加えながら言った。「お客様にはこれで思う存分恋をしていただけます」。たぶらかされた男は夢でも見ているような気分で、混乱しびくびくしながら出ていった。赤いネクタイだった。つばの広いパナマ帽にはカラフルなリボンが結ばれていた。

なま暖かい突風が吹いていた。雨はたまに、ごくわずか降るだけだった。しかし空気は湿って重く、腐敗の臭いに満ちていた。パタパタ、バシャバシャ、ゴーゴーという音が耳を聾《ろう》した。そしてメーキャップで熱っぽくなった男には、邪悪な一族の風の霊、罪ありとされた人の食い物を食い破り汚物で汚すという、あの悪意の海の怪鳥が、空を暴れ回っているような気がした。なぜなら蒸し暑さが食欲を奪い、食べ物が汚染物に毒されているように思われてならなかったからである。

ある午後のこと、アッシェンバッハは美しい少年の後を追って、病んだ町の奥深い雑踏の中に入り込んでいた。迷宮の路地や水路や橋や広場はどれも非常によく似ていて、空を仰いでももはやどこにいるかわからず、場所の感覚が利かなくなっていたので、彼はただ、熱い思いで追い続ける姿を見失わないように、ただそれだけを注意していた。したくもない用心を強いられて、壁に張り付き、前を行く人々の背中に隠れ、感情と緊張の連続のために体と心にたまった疲労困憊を、もう長いこと意識していなかった。タッジオは家族の者たちの後ろを歩いていた。狭い所では、世話役の女と尼僧のような姉妹たちを決まって先に行かせた。そして一人ぶらぶら歩きながらときどき振り向いて、あの薄明かりのさしたような独特なグレーの目の一瞥で、恋狂いの男が後ろにいることを肩越しに確かめたのであった。少年は男を認めた。そして少年は男がいることを誰にも言わなかった。そうとわかって心を奪われ、あの目で先へと誘《いざな》われ、情熱という愚か者のザイルにすがり、惚れ込んだ男はありえない希望の後を忍び歩いた、――そしてそれでも結局欺かれ、彼らの姿が消えていることに気づくのである。ポーランド人たちはアーチ形の短い橋を渡った。アーチの高さが後をつける者の目から彼らの姿を隠した。そしてその上に立ってみると、もう彼らの影はなかった。彼は一行を捜して三つの方向に歩いてみた。まっすぐに進み、それから狭く汚い岸壁に沿って右と左に。しかし、無駄だった。神経を消耗し、体力が尽き、とうとう探すのを止めなければならなかった。

頭が焼けた。体中にねばついた汗がまつわりついた。首ががくがくした。耐え難い渇きに苦しめられ、何かすぐに飲めるものはないかと周囲を見回した。小さな青物売りの店先で少し果物を買った。熟《う》れすぎて柔らかくなったイチゴだった。歩きながらそれを食べた。人気《ひとけ》のない魔法にかかったような小さな広場が、目の前に開けた。その場所は知っていた。数週間前、挫折したあの逃走計画を立てたのがここだった。広場の真ん中の貯水槽の段の上にくずおれて、円形の石造りの縁に頭をもたせかけた。物音がなかった。敷石の間に草が生えていて、ごみが散らばっていた。広場をぐるりと囲む、風雨にさらされ高さもまちまちな家々の中に、宮殿のような一軒があって、そこには背後に人気のない尖頂窓《せんちょうそう》と、獅子の紋章の小さなバルコニーがついていた。別な一軒の一階に薬局があった。暑い突風がときどきフェノールの臭いを漂わせた。

その場所に彼は座っていた。威厳ある巨匠の芸術家、模範的に純粋な形式を求めてジプシー根性や混濁の深みと手を切り、深淵には共感を拒否し、非難すべきものを非難した『惨めな男』の作者、認識の棘を克服し、成長してアイロニーを乗り越え、大衆の信頼を得る責任を体得して高みに昇った男、その名声を公が認め、その名前は貴族に列せられ、その文体が子供たちの手本とされた人物、――その男がそこに座っていた。まぶたを閉じていたが、ただ時々その下から嘲笑的で困惑したような視線が横に動いて、またすぐに隠れた。美顔術で嵩上《かさあ》げされた唇がたるんで、切れ切れの言葉を呟いた。それは半ばまどろんでいる脳が、奇妙な夢の論理を紡ぎだしたものだった。

「なぜなら美は、パイドロスよ、ここをよく注意してくれよ、ただ一つ美だけが神のものであると同時に肉の目で見えるものなのだ。だから美は感覚を授かった者の道なのだ、かわいいパイドロスよ、芸術家が精神に至る道なのだ。ところで、愛する者よ、おまえは、精神に至ろうとすれば感覚を通過するしかない者が、いつか叡智と本物の男子の威厳を獲得することができると思うだろうか。それともむしろ（その決定はおまえに任せるが）、これが魅力的であっても危険な道だと、ほんとうに罪深い迷い道で、ここを行けば必ず道に迷うと思うだろうか。というのは、おまえには、私たち詩人が美の道を行けば、必ずエロスが道連れになって案内人を気取るということを知っておいて欲しいからだ。そうなのだ、私たちが私たちなりのヒーローで、したたかな戦士であるとしても、私たちは女みたいなものなのだ。なぜなら私たちの刺激剤は情熱で、私たちの憧れは愛と決まっているからだ、――これが私たちの喜びであり、私たちの恥辱なのだ。さてこれで、私たちが賢くなることも、威厳を持つこともできないということをわかってもらえただろうか。私たちが否応なく道に迷う、否応なく放埒で、感情のアバンチュールを求めてやまないということを。私たちの文体の巨匠然とした身構えはインチキで、烏滸《おこ》の沙汰なのだ。名声だの名誉の身分だのは茶番だよ、大衆が信頼を寄せてくれるなど、こんな滑稽なことはない。芸術によって国民と青年を教育するなど、危険な禁止されるべき企てだ。なぜなら、奈落へと向かう、改善の余地のない天性の傾向を持って生まれた者が、どうして教育者として役立つだろうか。私たちだって奈落は否定したい、威厳を獲得したいとは思う、しかしどこを向こうと、奈落は私たちを引きつけるのだ。だから私たちは、たとえば認識が解決してくれるという考えを退ける。なぜなら認識には、パイドロスよ、威厳も厳格さもないからだ。認識はものごとを知り、理解し、そして許す。矜持も形式もない。そこには奈落への共感がある。認識が奈落なのだ。だから私たちは断固としてこの認識を退ける。そうなると私たちの目指すものはただ一つ、美だけだ、つまり単純さと、偉大さと、新しい厳格さと、第二の率直さと、形式なのだ。しかし形式と率直さは、パイドロスよ、陶酔と欲望に導く、高貴な者をおそらくおぞましい感情の犯罪へと導く、それは彼自身の美しい厳格さが破廉恥として非難していたものなのに。そう、奈落へと導くのだ、その美しい厳格ささえも奈落へと。そういうことだ、私たち詩人をそこへ導くのだ、なぜなら私たちは上昇することができないからだ、放埒に身をもち崩すことしかできないのだ。だから私は行こう、パイドロスよ、おまえはここに留まれ。そしておまえの目に私の姿が見えなくなったら、その時こそおまえも行くがいい」。

数日後、グスタフ・フォン・アッシェンバッハは、体調が悪かったので、いつもより も遅い朝の時間にホテルを出た。彼は、肉体的なものなのか、半分くらいそうでない要素もあるのかはっきりしない、ある種の目眩《めまい》と戦わなければならなかった。それには激しくつのってくる不安がつきまとった。逃げ道も展望もないという感情、それは外の世界に関係があるのか、彼自身の生き方に関したことなのか、はっきりしなかった。ホールで搬出用に置かれたたくさんの荷物を認めて、ドアボーイに、出発するのはどなたかと聞いた。受け取った返事はポーランドの貴族の名前だった。すでにその名前はひそかに覚悟していた。彼は落ちくぼんだ顔の表情を変えることなく、知る必要のないことをついでに聞いておくというように、頭を少し上げて、その名前を受け取った。そしてさらに尋ねた。「いつ?」返事はこうだった。「ランチがすんでからでございます」。彼はうなずいて、海に向かった。

海辺は殺風景だった。一番手前の長く延びた砂洲と浜辺との間に広い平らな水が残っていて、その上に手前から向こうの方に戦慄のようなさざ波が走った。秋の気配

が、賑わいの名残が、きのうまではあれほどカラフルな活気に溢れていたリゾート地

に漂っているようだった。いまはほとんど人気《ひとけ》もなく、砂浜の手入れも行き届いては

いなかった。写真機が一台、見たところ持ち主もいない様子で、波打ち際の三脚の上

に残されていた。上にかけられた黒い布が冷たさを増した風にバタバタとはためいていた。

タッジオは、残っていた三、四人の遊び仲間と一緒に、右側の一家の小屋の前で遊んでいた。アッシェンバッハは、膝に毛布をかけ、海と立ち並ぶ小屋との中程に置いたデッキチェアに横たわり、もう一度少年の様子を眺めていた。女たちは出発の準備で忙しいらしく、監視する者もない遊びは、ルールをなくしたようで、節度を失っていた。あのがっしりした体格の若者、ベルトの付いた服を着てポマードで黒い髪をなでつけた「ヤシュー」と呼ばれていた若者が、顔に砂の目つぶしを喰らってかっとなり、タッジオに取っ組み合いの喧嘩を挑んだ。弱い方の美しい少年が負けて、これはすぐ終わってしまった。しかし別れの時になって、目下の者の家来のような感情が残酷な野蛮さに変わったのか、長い隷属に復讐をしようと思ったのか、勝った方がまだ

負けた方を放さず、膝で相手の背中を押さえ、その顔をいつまでも砂に押し付けていた。そのためタッジオはただでさえ組み打ちで息が切れていたのが、これで本当に窒息しそうになった。のしかかる男を振り払おうとしても、その動きは痙攣のようなものだった。しかも数秒間止まってしまう。また振り払おうとしたが、体がただピクピクと動いただけだった。驚いてアッシェンバッハが起きあがり、助けに行こうとしたとき、力ずくの若者はやっと獲物を放した。タッジオはすっかり青ざめて半分だけ体を起こし、片腕をつっぱり数分間じっと動かなかった。髪が乱れ、目が暗くなっていた。それから立ちあがると、ゆっくりその場を離れた。仲間が少年を呼んだ。はじめは陽気だったが、だんだん心配そうに哀願するような声になった。少年は聞かなかった。やり過ぎをすぐに後悔したらしい良からぬ若者が少年に追いつき、宥《なだ》めようとした。肩の一振りがそれを退けた。タッジオは斜めに向こうの水の方に歩いていった。はだしで、赤い蝶結びのリボンの付いたストライプのリンネルの服を着ていた。

波打ち際で立ち止まり、頭を垂れ、つま先で濡れた砂に何か絵を描いていたが、それから浅瀬に入った。一番深い所でもまだ少年の膝を濡らさなかった。なげやりに前進してそこを渡りきると、砂洲に達した。そこで一瞬、広大な海に顔を向けて立ち止まると、こんどは剝き出しになった砂洲の長く細い線に沿ってゆっくりと左に歩き始めた。広い水の帯によって固い地面から隔てられ、誇り高い気まぐれによって仲間たちからも隔てられ、少年は歩みを進めていた。あらゆるものから切り離された、なにものとも結びつかないその姿は、髪をなびかせて、あの遠い海の中に、風の中に、霧のような無限の前にいた。ふたたび少年は立ち止まって遠くを見た。そして突然、何かを思いだしたように、何か衝動に駆られたように、腰に手をあて、まっすぐな姿勢から美しく上体をひねって、肩越しに岸の方を見た。見つめる男がそこにいた。かつてあの敷居際からこの薄明のグレーの視線がその男の視線に初めてぶつかった時と同じように、そこに座っていた。男の頭は椅子の背もたれに預けられて、遠い彼方を歩む少年の動きをゆっくりと追っていた。この瞬間、その頭が起こされた、いわばその視線を迎えようとするように。そして胸に垂れた。そのため目が下から見上げる形になったが、その顔は深いまどろみの、萎えて内部に落ち込んだ表情を示した。しかし男は、青白い愛すべき魂の導き手があの遠い向こうから自分に微笑みかけ、手招きをしていうような気がした。魂を導く者が、腰から手を放し、遠い外を指さし、多くのものを約束する途方もない空間の中に、ゆっくりと先頭をきって動いていくような気がした。そしてこれまで何度もそうしたように、その後についていこうとした。

数分が過ぎて、椅子に座ったまま横様に崩れている男を助けようと人が駆けつけた。男は部屋に運ばれた。そしてまだその日のうちに彼の訃報に接した世界は、衝撃を受け、尊敬の念を新たにした。

解説

岸　美光

長年仕事一筋、律儀に働いて初老を迎え、ふと旅心に誘われ、出かけた先で恋に落ちる。忘れていた胸の高鳴りに驚き、喜び、混乱し、一度は抵抗してみるもののそれが恋だと認めてからは破滅の道をまっしぐら。――こう書いてみるといかにも安直なテレビドラマの筋書のように思えます。舞台はヴェネツィア、海と陸がまじわり、東洋と西洋が出会い、傲慢な精神と官能の美が抱き合う迷宮と仮面とアバンチュールの町。恋した相手が美少年だというのはスキャンダルでしょうか。少女漫画の世界で美少年の同性愛がうける今日、物語の世界ではそれはもうスキャンダルとしての起爆力を持ちません。場所とモチーフの選択は、基本の筋書を深めるというより、むしろ陳腐でチープな印象を付け加えます。書かれてからほぼ一世紀を経て、この物語はこんにち急速に古びつつあるように思われます。

トーマス・マン（一八七五～一九五五）が、このプロットの古び易さをどれだけ意識していたかは解りません。マンはこの物語を、複文構造を幾重にも張り巡らした緊張感溢れる散文で織り上げ、随所に引用と暗示の糸を織り込みました。たとえば、海路ヴェネツィアに向かうアッシェンバッハが船上でふと思い出す「憂鬱で熱狂的な詩人」(三六ページ)とは、アウグスト・フォン・プラーテン(一七九六〜一八三五)のことです。この詩人は、陰鬱な情熱を厳格な詩形にこめたことで知られています。「第四章」に現れる「余すところなく感情となることのできる思想、余すところなく思想となることのできる感情、それは作家の幸せである」(九〇ページ)という言葉は、プラーテン晩年の『ヴェネツィアのエピグラム』の詩句「愛を抱く夢想家の魂の中で、すべての感情は憧れとなり、すべての思想は感情となる」を想起させます。またプラーテンは少年愛の情熱に苦しんだことでも知られています。マンのテキストに密かにプラーテンが呼び出されるということは、アッシェンバッハの道行きの先に待ち受けるものを密かに暗示しています。

『ヴェネツィアのエピグラム』にはゲーテの先例があります。アッシェンバッハはそのゲーテとは似ていないのでしょうか。「第二章」で紹介される作家の特徴、分析的で解体的な認識の営為を乗り越えて簡潔さと造形力を獲得し、国民的な大家になるという姿には、ゲーテを彷彿とさせるものがあります。ゲーテも晩年、避暑地で若い人への恋に苦しみました。もっともゲーテの愛の対象は乙女、それで多産にこそなれ、自滅することはありませんでしたが。

もちろんプラーテンの名前も、ゲーテの名前も、直接それと呼ばれることはありません。読者の中でも、ここはプラーテンだ、ここはゲーテだと気付く人は稀でしょう。それでいっこうに構いません。旅する男の陰鬱な情熱と、功成り名遂げた大家の形式的な身構えが、ある重みをもって立ち上がってくればそれでいいのです。

ギリシア古典からの引用はもっとはっきりしています。朝食に遅れたポーランド人の少年に向けたアッシェンバッハの内心の声「さては、パイエーケスの子供だな！」（五六ページ）は『オデュッセイア』の第八歌。「パイエーケス」はスケリエー島の住民で、労働の苦しみを知らず、心地よい眠りと豊かな食事と財宝に恵まれ、一年を音楽やスポーツの楽しみのうちに過ごします。「いくたびも替える身の飾り、温かき湯《ゆ》浴《あ》みと眠り」は、直接『オデュッセイア』の詩句の引用です。有名なハインリヒ・フォス（一七五一〜一八二六）によるドイツ語訳が使われました。

「第四章」冒頭で語られる至福の園「エリュシオン」の描写（八二ページ）も、『オデュッセイア』第四歌から取られています。ここはフォス訳ではなく、ニーチェの一時期の友人でもあったエルヴィン・ローデ（一八四五〜一八九八）の『プシュケ』という本からの孫引きです。この箇所にはフォスの訳にもローデの訳にも現れない「至福の閑暇」という言葉が、マン自身によって付け加えられていることに注意しておきましょう。

また、「曙の女神エーオースが夫の傍らから身を起こす」という夜明けの描写（九五ページ）にも、ローデの『プシュケ』は利用されています。女神がまき散らすバラの花は、もちろんホメロスの歌う「バラの指さす曙」を意識しています。

ホメロスの神話世界と並んでソクラテスの対話の世界が呼び出されます。浜辺で美少年に接吻する年長の若者を見てアッシェンバッハの心に浮かんだ警告「おまえに忠告しよう、クリトブロスよ」（六四ページ）は、クセノフォンの『ソクラテスの思い出』から取られています。これはそう言って笑うだけのことですが、この想起はプラトンによるソクラテスの対話篇のページを開きます。浜辺でタッジオの姿を追いながらアッシェンバッハの紡ぐ夢想（八八ページ以下）は、『パイドロス』と『饗宴』を下敷きにしています。この二つの対話篇を手にとって読んでいただければ、マンがどこをどう利用したかすぐに解ると思います。マンはオーストリアの哲学者ルードルフ・カスナー（一八七三～一九五九）によるドイツ語訳を使いました。プラタナスの木陰で鳴く虫が蟬からコオロギに変わったのはそのせいでしょう。ついでに言っておけば、海辺で遊ぶタッジオの姿、たとえば「片脚に体重をかけ、もう一方の足は軽くつま先に乗せて、魅力的な体のひねりを見せる」姿には（八五ページ）、プラクシテレス作（BC三七〇頃～BC三三〇頃）と伝えられるヘルメス像やアンティノウス像の記憶が生きています。

さて、マンが過去のテキストという権威の陰に、少年愛の「いかがわしさ」を隠そうとしたのだと考えるなら、それは皮相な見方です。むしろマンは、少年愛の物語の領域を意図的に押し開き、露わにしました。マンは後年、すでに生きられた生を再び生きることの価値と、独創性への信仰に硬直することの虚しさを、繰り返し語っています。このような見通しは『ヴェネツィアに死す』にもすでに現れています。このテキストは過去に向かって開かれ、過去のテキストに繋がり、そこに品位と安定を得ているのです。

ホメロスからの引用が神話的な世界を開くのに対して、対話篇からの引用はこの物語を支える骨格を作ります。その骨格とは、美の二重性についての議論です。「美は人を精神の高みに導くと同時に、肉欲の奈落にも導く」。マンはこの古い図式の上に、アッシェンバッハの精神の高揚と肉体のきしみを描きました。マン自身がこの二重性に苦しんだのかという詮索は放っておきましょう。マンは、「すべて知識というものは、芸術の遊戯に役立つ限り、燃え立つばかり興味深いものになる」と言って憚らない人でした。

ギリシア古典の世界を背景に置いたことは、この物語にもう一つの収穫をもたらしました。それは、労働に縛られず、秒針にむち打たれない「閑暇」という時間の確認です。アッシェンバッハが、朝食に遅れた少年に「パイエーケスの子供だな」と心で呟いたとき、それは「怠け者」を非難した言葉ではないのです。だから「エロスは閑暇に遊ぶことを好む」（九〇ページ）のです。ここで「エロス」は、愛を司る神の名前です。

アッシェンバッハにとってヴェネツィアへの旅は、ほとんど「閑暇」を見いだす旅でした。船上で、「感情の遅咲きの冒険が、旅に出た無為の自分にまだ残されているなどということがあるのだろうか」（三七ページ）と自問したとき、その旅はすでに始まっています。彼がこの町に腰を据えたことを語る「第四章」の冒頭では、二度にわたって「閑暇に生きる日々」が確認されています。そしてこの時間の中で、アッシェンバッハはこれまで味わったこともないような言葉の甘い喜びを感じながら、精神と官能が一つに溶け合う散文を書き上げるのです。

トーマス・マンは十九世紀末のデカダンスの雰囲気の中で、作品を書き始めました。『ヴェネツィアに死す』は一九一二年、マン三十七歳の時に発表されました。「弱さのヒロイズム」を体現し、意思の力と賢明な自己管理によって業績のモラリストとなった大家（二三ページ）が、旅先で美少年に恋して自滅すると考えれば、それはデカダンスの物語かも知れません。しかしアッシェンバッハが渇きにさいなまれて完熟のイチゴを口にするのは、ほんの僅かな不注意です。それを運命的な必然、自ら招いた死と捉えるのは、物語の上に読み手の物語を重ねることです。礼拝堂の旅人からホテルの庭の旅芸人まで異様な面相の男が繰り返し現れるという仕掛けもあり、アッシェンバッハが顔に化粧を施して自身のカリカチュアにもなるのですから、もちろんそう読むことは普通で正当です。「にもかかわらず」、読者はここでもう一度あの「閑暇」の時を思い起こしてみてはどうでしょうか。そこには人間が一つの全体として回復する希望が秘められています。マンはここで、男女の性差を超え、人間の全体性の予感を託して「美しい少年」という寓意のカードを引き抜いて見せたのです。

マン年譜

一八七五年
六月六日リューベックで穀物商会を営む家の次男として生まれる。兄ハインリヒ（一八七一〜一九五〇）も長じて作家となる。

一八八九年　一四歳
カタリーネウム校入学（実科高校課程）。

一八九一年　一六歳
父が死亡。穀物商会解散。ポルトガル貴族の血を引くブラジル生まれの母は、翌年一家を連れてミュンヘンに移る。トーマスはリューベックに残って学業を続ける。

一八九三年　一八歳
友人らと学友雑誌「春の嵐」を創刊。

一八九四年　一九歳
一年志願兵資格証明書を得て、ミュンヘンに移り、火災保険会社に勤めるが、秋には辞職。短編小説「転落」を発表。

一八九六年　二一歳
秋にイタリア旅行。九八年春まで滞在。

この間に『ブデンブローク家の人々』執筆開始。

一八九八年　二三歳
短編小説集『小男フリーデマン氏』刊行。「ジンプリツィシムス」誌の編集部に勤める（一九〇〇年まで）。

一九〇〇年　二五歳
一年志願兵として兵役につくが、三ヶ月で除隊。

一九〇一年　二六歳
『ブデンブローク家の人々』刊行。

一九〇三年　二八歳
「トーニオ・クレーガー」を「ノイエ・ドイチェ・ルントシャウ」誌に発表。短編集『トリスタン』刊行。

一九〇四年　二九歳
ミュンヘン大学教授の娘カタリーナ（カトヤ）・プリングスハイムと婚約。翌年結婚。

一九〇五年　三〇歳
戯曲「フィオレンツァ」発表。長女エーリカ誕生。

一九〇六年　三一歳
長男クラウス誕生。

一九〇七年　三二歳
ヴェネツィアへ旅行。

一九〇九年　三四歳
『大公殿下』刊行。次男ゴットフリート（ゴーロ）誕生。バート・テルツに山荘を持つ。

一九一〇年　三五歳
『詐欺師フェーリクス・クルルの告白』執筆開始。次女モーニカ誕生。妹で女優のカルラ自殺。グスタフ・マーラーの第八交響曲初演を聴く。演奏会後マーラーと同席。

一九一一年　三六歳
ブリオーニ島を経てヴェネツィアに旅行、リドに滞在。ブリオーニ島でマーラーの訃報を聞く。『ヴェネツィアに死す』執筆開始。ブルーノ・ヴァルター指揮によるマーラーの「大地の歌」を聴く。

一九一二年　三七歳
『ヴェネツィアに死す』刊行。カトヤ夫人、ダヴォスのサナトリウムに入院。

一九一三年　三八歳
『魔の山』執筆開始。

一九一四年　三九歳
評論「フリードリヒと大同盟」執筆。
[第一次世界大戦勃発]

一九一五年　四〇歳
『魔の山』執筆中断。長編評論『非政治的人間の考察』執筆開始。

一九一八年　四三歳
『非政治的人間の考察』刊行。三女エリーザベト誕生。
[第一次世界大戦終結]

一九一九年　四四歳
『魔の山』執筆再開。三男ミヒャエル

誕生。

一九二一年　四六歳
講演「ゲーテとトルストイ」。

一九二二年　四七歳
『詐欺師フェーリクス・クルルの告白、幼年時代の巻』刊行。講演「ドイツ共和国について」。

一九二三年　四八歳
母ユーリア死去。

一九二四年　四九歳
『魔の山』刊行。

一九二五年　五〇歳
ヨゼフ小説を構想。

一九二六年　五一歳
『ヨゼフとその兄弟たち』執筆開始。

一九二七年　五二歳
妹ユーリア自殺。

一九二九年　五四歳
ノーベル文学賞受賞（『ブデンブローク家の人々』に対して）。

一九三〇年　五五歳
エジプトからパレスチナへ旅行。講演「理性に訴える」。

一九三一年　五六歳
講演「文化共同体としてのヨーロッパ」。

一九三二年　五七歳
講演「作家としてのゲーテの経歴」、「市民時代の代表者としてのゲーテ」。

一九三三年　五八歳
講演「リヒャルト・ヴァーグナーの苦

悩と偉大」。国外に講演旅行に出るも、ナチスの政権奪取によりマン家は接収され、帰国できず。秋にはスイスのチューリヒ近郊キュスナハトに定住。ヨゼフ小説第一巻『ヤコブ物語』刊行。
［ヒトラー政権獲得］

一九三四年　五九歳
ヨゼフ小説第二巻『若いヨゼフ』刊行。最初のアメリカ旅行。

一九三五年　六〇歳
ニースで開かれた「知的協力委員会」に「現代人の形成」（『ヨーロッパに告ぐ』）を寄稿。

一九三六年　六一歳
講演「フロイトと未来」。ヨゼフ小説第三巻『エジプトのヨゼフ』刊行。『ヴァイマルのロッテ』を構想。ドイツ国籍を剝奪される。チェコ国籍を得る。

一九三七年　六二歳
雑誌「尺度と価値」創刊。

一九三八年　六三歳
アメリカに講演旅行「来たるべきデモクラシーの勝利について」。政治論集『ヨーロッパに告ぐ』刊行。アメリカに居を移し、プリンストンに定住。

一九三九年　六四歳
講演「自由の問題」。『ヴァイマルのロッテ』刊行。
［ドイツ軍のポーランド侵入、第二次世界大戦始まる］

一九四〇年　六五歳
『すげかえられた首』刊行。ＢＢＣを通じてドイツに向け毎月定期的にラジオ放送を開始。

一九四一年　六六歳
カリフォルニアに移住。

一九四三年　六八歳
一月にヨゼフ小説第四巻『養う人ヨゼフ』完結、十二月に刊行。その間に短編「掟」を執筆。さらに『ファウストゥス博士』執筆開始。

一九四四年　六九歳
アメリカ市民権獲得。

一九四五年　七〇歳
講演「ドイツとドイツ人」。

［第二次世界大戦終結］

一九四六年　七一歳
肺腫瘍の手術。

一九四七年　七二歳
戦後最初のヨーロッパ旅行に出かける。講演「われわれの経験から見たニーチェの哲学」。『ファウストゥス博士』刊行。

一九四八年　七三歳
『選ばれた人』と『ファウストゥス博士の成立』の執筆開始。

一九四九年　七四歳
『ファウストゥス博士の成立』刊行。戦後最初の、十六年ぶりのドイツ訪問。息子クラウス自殺。

一九五〇年　七五歳
兄ハインリヒ死去。
一九五一年　七六歳
『詐欺師フェーリクス・クルルの告白』続編の執筆再開。『選ばれた人』刊行。
一九五二年　七七歳
アメリカ国内の反共的空気を嫌いヨーロッパに移住、チューリヒ近郊に住む。
一九五三年　七八歳
短編『だまされた女』刊行。
一九五四年　七九歳
『詐欺師フェーリクス・クルルの告白、回想録第一部』刊行。評論「チェーホフ試論」、「シラー試論」執筆。
一九五五年　八〇歳
シラー没後百五十年の記念講演（「シラー試論」を短縮した形で）。
八月十二日チューリヒで死去。

訳者あとがき

トーマス・マンの年譜を作りながら、その仕事の途切れることのない持続ぶりにあらためて感嘆させられた。激変する社会情勢はもちろん、自身の病気や友人知人家族の不幸を乗り越えて仕事は続いていく。そしてその中で利用価値のあるものは容赦なく作品の中に使われる。アッシェンバッハの顔にグスタフ・マーラーの相貌が映されたのはその一例である。

本文を読みながら、マーラーの第五交響曲のアダージェットを耳に聞き、ヴィスコンティの映画のあれこれの場面を思い浮かべた読者も多いかも知れない。しかしあの映画の記憶を持つのは一定の年代以上の人たちだろう。若い世代はトーマス・マンを読むのだろうか。村上春樹の『ノルウェイの森』を読んで『魔の山』を手に取ったという若い人にはときどき出会う。「理屈が多くて閉口した」というのが彼らの大方の感想である。『ヴェネツィアに死す』はどうだろうか。やはり「理屈が多い」上に、古めかしいのだろうか。それとも不思議に新しいのだろうか。聞いてみたい気がする。

訳者にとって今回の翻訳は、ほぼ二十五年ぶりのマンのテキストへの「復帰」であった。壮年期のマンの書き手としての野心を随所に感じることになったのは、自分がそれだけ年をとったせいだろうか。作者の表現上の工夫はできるだけ日本語に移すよう努めたつもりだが、どれだけのことができたか心許ない。

底本には、S・フィッシャー社の十二巻本トーマス・マン全集（一九六〇年）の第八巻を使い、実吉捷郎氏、高橋義孝氏、野島正城氏の既訳を随時参照した。

kobunsha classics
光文社古典新訳文庫

ヴェネツィアに死《し》す

著者　マン
訳者　岸《きし》 美光《よしはる》

2007年3月20日　初版第1刷発行
2020年1月25日　第3刷発行

発行者　田邉浩司
印刷　萩原印刷
製本　ナショナル製本

発行所　株式会社光文社
〒112-8011東京都文京区音羽1-16-6
電話　03（5395）8162（編集部）
03（5395）8116（書籍販売部）
03（5395）8125（業務部）
www.kobunsha.com

ISBN978-4-334-75124-1 Printed in Japan

いま、息をしている言葉で、もういちど古典を

長い年月をかけて世界中で読み継がれてきたのが古典です。奥の深い味わいある作品ばかりがそろっており、この「古典の森」に分け入ることは人生のもっとも大きな喜びであることに異論のある人はいないはずです。しかしながら、こんなに豊饒で魅力に満ちた古典を、なぜわたしたちはこれほどまで疎んじてきたのでしょうか。

ひとつには古臭い教養主義からの逃走だったのかもしれません。真面目に文学や思想を論じることは、ある種の権威化であるという思いから、その呪縛から逃れるために、教養そのものを否定しすぎてしまったのではないでしょうか。

いま、時代は大きな転換期を迎えています。まれに見るスピードで歴史が動いていくのを多くの人々が実感していると思います。

こんな時わたしたちを支え、導いてくれるものが古典なのです。「いま、息をしている言葉で」——光文社の古典新訳文庫は、さまよえる現代人の心の奥底まで届くような言葉で、古典を現代に蘇らせることを意図して創刊されました。気取らず、自由に、心の赴くままに、気軽に手に取って楽しめる古典作品を、新訳という光のもとに読者に届けていくこと。それがこの文庫の使命だとわたしたちは考えています。

このシリーズについてのご意見、ご感想、ご要望をハガキ、手紙、メール等で翻訳編集部までお寄せください。今後の企画の参考にさせていただきます。
メール　info@kotensinyaku.jp